仁義なき新婚生活

Married Life Without Honor and Humanity

朝香りく

RIKU ASAKA presents

ガッシュ文庫
KAIOHSHA

イラスト／三尾じゅん太

CONTENTS

本作品の内容はすべてフィクションです。
実在の人物・地名・団体・事件などとは一切関係ありません。

仁義なき新婚生活

——チクショオオ！　冗談じゃねえぞ！

純白の綿帽子に隠された頬《ほお》を引き攣《つ》らせ、里海佳月《さとみかつき》は怒りに震える唇をきつく噛《か》んだ。

佳月は大正時代から続く侠客《きょうかく》一家の長男であり、父親が組長を務める里海組は現在もこの地域の一帯に縄張りを持っている。

今年二十歳になった佳月は当然のごとく、いずれ父親が引退したあかつきには四代目として組を継ぐと思い込んでいた。

ところが今、佳月が置かれている状況はヤクザの四代目とは程遠いものだ。

細身の身体《からだ》を包むのは、銀糸で素晴らしい刺繍《ししゅう》のほどこされた打掛の白無垢《むく》で、まるで佳月の気持ちを表しているかのようにずっしりと重い。

頭の上には綿帽子だけでなく日本髪のかつらも乗っているため、三々九度の杯《さかずき》を口にする頃には、すっかり肩が凝っていた。

重い頭をわずかに傾《かし》げて、ちらりと隣に座っている、ピシッと紋付き袴《はかま》を着こなした新郎の様子をうかがう。

男は郷島《ごうじま》組三代目組長補佐若頭、郷島健吾《けんご》。

里海組とは長年、縄張り争いを続けてきた対立相手である組の、次期組長と噂《うわさ》される切れ者だ。

どうして佳月がよりによってこの男と結婚式をしなくてはならなくなったのか。

ことの発端は、三か月前にさかのぼる。


――気に食わねぇ。息の詰まりそうなこの空気も、姉ちゃんの見合いも。なによりもすかしたツラの見合い相手が最高に気に食わねぇ。あーあ、バイク転がしてスカッとしてぇな、チクショウ。

佳月は慣れないスーツを窮屈に感じながら、イライラした内心を隠すこともなく正座を崩して胡坐《あぐら》をかいた。

かぽん、と庭の鹿《しし》おどしの音が響く老舗《しにせ》の料亭。


明るく日の差し込む座敷には、六人の男女が漆塗りの座卓を囲んでいた。

こちら側には見合いの場の主役である、姉の沙月《さつき》。その隣に両親と佳月。

反対側には見合い相手の男と、その祖父が並んで座っていた。

すでに一時間ばかり両家はこうして顔を合わせており、そろそろ話のネタは尽きている。

小鳥の声がのどかに聞こえるばかりの沈黙を破ったのは、かすれてはいるが威厳ある老人の声だった。

「ではそろそろ、我々邪魔者は退散するとしようか」

ハッとしたように、佳月の両親は顔を見合わせる。

しかし、と躊躇《ちゅうちょ》する父親に、沙月は優しい笑顔を見せた。

「せっかくそうおっしゃってくださっているんですから、父さんも母さんも、お庭でも見て待っていて」

困ったような複雑な顔をしながらも、母親はうなずいた。

「あなた。沙月もこう言ってますから」

「む。……わかった。では一旦、失礼させていただこう」

背中に代紋の入った羽織の父親が立ち上がり、続いて綸子《りんず》の着物に身を固めた母親が腰を上げた。

だが佳月は隣に座っている姉の沙月が心配で、なかなか席を立つ気になれない。

というのも見合いの相手が堅気ではなく、正真正銘の極道ものだからだ。

先刻退室を申し出た老人は、白髪に白いひげをたくわえ一見好々爺《こうこうや》にも見える、広域指定暴力団、郷島組会長の郷島貞利《さだとし》。

そしてもうひとりがその孫であり姉の見合い相手である、若頭の郷島健吾だ。

会長の貞利には息子が三人おり、健吾は長男の息子だった。

だが長男が若くして凶弾に倒れ、堅気に近い商売を望んだ次男は身を引き、現在は三男が組長を務めていた。

とはいえ人を統率する能力、頭の回転、肝の据わり方、経営のセンス、いずれを比較しても健吾が現組長の叔父を追い抜くのは、時間の問題と言われている。

年齢は佳月より八歳上の、二十八歳。

秀でた額を露わにし、漆黒の強い髪をオールバックにしている。

頬は精悍《せいかん》に引き締まり鼻梁《びりょう》は高く、形良い唇から続く顎《あご》のラインは、意志の強さを感じさせた。

眼鏡の奥の眼光鋭い切れ長の瞳《ひとみ》は知的であるものの、同時にどこか物騒だ。

一見、男前としか言いようのない整った容貌《ようぼう》なのだが、それは俳優やモデルなどとは明らかに違っている。

強面《こわもて》ぞろいの組の中で、健吾はインテリ風だし品もよく、粗暴さやごつさは感じさせない。

けれど紳士という名の仮面をつけて野獣が息を潜めているような、そんな気配をまとっていた。

健吾と直接会うのは今日が初めてだが、見合いの話を聞いたときに、佳月は写真を数枚見せてもらっている。

同じ稼業のはずなのに、まったく馬の合わないタイプであることは写真を見ただけでも明白だった。

佳月はチンピラ然とした派手な髪型や服装を好むが、健吾は常にビシッとスタイリッシュにタイトスーツを着こなし、いわゆる経済ヤクザそのものだ。

――なにしろ異例の若さで、バカでかい郷島組の若頭の地位についた野郎だ。腹黒に決まってる。

里海組は代々ヤクザとはいえ、現在の規模は小さい。

昔ながらの義理と人情の任侠道が通用しなくなり、極道もインターネットを駆使する仕事が増えてきた昨今、三代目組長である佳月の父親としては、すでにお手上げの状態だった。

一方、郷島組は経済や情報戦にも精通していて、年々縄張りは広くなっている。

里海組と郷島組の立場は、商店街の一角で細々と商売を営む老舗と、全国展開のチェーン店ほどの違いがあった。

そんな中で持ちかけられたのが、佳月の姉、沙月と健吾の縁談だったのだが。

――男前なのだけは認めるけど、こんだけツラとガタイがいいってことは、相当に遊

んでるんじゃないのか。

佳月は数時間前に室内に入って顔合わせをしたときからずっと無遠慮に、仕立てのいいダークスーツに身を固めた健吾を値踏みしていた。

父親は沙月さえ抵抗がないのであれば、この縁談は組のためになると考えているようだったが、佳月は納得できていない。

両家の関係のために好きでもない男に姉が嫁ぐなど、まるで戦国時代ではないか。

もちろん姉が健吾に一目惚れでもすれば話は別だが、少なくとも今の姉を見る限りその様子はない。

「あの。会長さんのお気遣いには感謝しているんですが、お忙しいのでは。お時間は大丈夫なんでしょうか」

おずおずと尋ねる姉に、にこりともしないまま健吾は答える。

「お気遣いなく。これも組の仕事の一環ですから」

――やろう、姉ちゃんの心くばりに対して、なんだその態度は。そもそも姉ちゃんは、てめえなんか眼中にねぇんだよ。

どこか困ったような、自分によく似た横顔を見ながら、佳月はひとり憤慨していた。

一般家庭がどういうものか佳月は知らない。

里海一家は曽祖父の時代から侠客だったせいか、父親は古き良き仁侠道を大事にするような、悪く言えば時代遅れの人柄だった。

女子供を危険にさらすわけにはいかん、と父親は組事務所で寝起きし、安全面を考慮して佳月たち子供と母親を住まわせた自宅は、車で四十分ばかり離れた郊外にある。

週に一度は帰宅して食卓を囲んだが、極道としての顔は子供には見せなかった。

しっかりものの母親のことも、組員たちから人望が厚い父親のことも尊敬しているため面と向かって反抗こそしないが、佳月は姉が組の犠牲になるのでは、とずっとハラハラしている。

沙月は小さな会社で事務をしており、休日もあまり外では遊ばず、家でひっそりと編み物をしたり、庭に来た小鳥にエサをやってにこにこと眺めているような性格で、とても優しい。

だが優しい反面、頼まれるとイヤと言えないところがある。

今回も父親になんとか顔を立ててくれと言われて、おそらく結婚などまだ考えてもいないだろうに、見合いを引き受けてしまっていた。

——父さんが組を大事にする気持ちもわからなくはねぇけど。だからって姉ちゃんに頼るのは納得いかねぇ。もし断らせねぇって算段なら、俺がどんなことをしてでも助けてやらなきゃ。だいたい、こんな野郎に姉ちゃんはもったいなさすぎる。

そんな思いを込めて睨《にら》みつけている郷島健吾は、食事の仕方や口の利き方はいたって丁寧で、上品でさえある。

しかし佳月の目にはそうした健吾の態度はあまりにもできすぎて映り、裏があるように思えてならなかった。

「佳月、なにをしているの。行きますよ」

「あ、うん。ちょっと足が痺《しび》れてて」

廊下に続くふすまから顔をのぞかせた母親にうながされても、佳月はまだ退室を渋っていた。

華奢《きゃしゃ》でおとなしい姉と健吾をふたりきりにすることに、漠然とした不安があったからだ。

なあ姉ちゃん、と沙月の耳にそっと口を寄せる。

「ひとりじゃ心細いだろ。俺はここにいてやろうか」

小声で囁《ささや》くと、沙月は細い眉《まゆ》を顰《ひそ》めて苦笑した。

「子供じゃないんだから、大丈夫。それにそんなふうに思うのは、郷島の方々にも失礼よ」

おっとりした物言いに、ちっ、と佳月は舌打ちをする。

「でもこんな、何考えてるかわかんないやつとふたりきりなんて危ねえって」

「ほう。なにがどう危ないと思う」

ギクリとして低い声のした方に顔を向けると、健吾の鋭い視線が眼鏡越しに佳月に向けられていた。

さすがに若くして大勢の部下を率いるだけあり、その眼光の威力も殺気も半端ない。

静かに座っているだけなのに、そのたたずまいには今にも肉食獣が飛びかかってくるような迫力があった。

「い、いや……具体的になにがどうってことじゃねぇけど、一応、姉ちゃんは女なわけだし」

「白昼の料亭で初対面の女を手籠《てご》めにするほど、俺は不自由していない」

思わず気圧《けお》されてしどろもどろになった佳月に、淡々と健吾は言う。

「むしろこの場に見合い相手の弟がいることのほうが、よほど場にそぐわないと思うが」

「うっ……うるせぇ。ゆくゆくは長男の俺が里海組の跡目を継ぐんだ。あんたがどんな男なのか、見極める必要がある」

佳月が言い返すと、健吾の目が面白いものでも見つけたようにきらめいた。

「ほう、なるほど。いずれ里海組の四代目になる身としては、この機会に俺を検分しておくつもりということか。いい度胸だな」

「まあな。縁談がうまくいきゃあんたは義理の兄になるが、破談となったら敵の頭だ」

佳月はでん、と右ひじを漆塗りの座卓の上について身を乗り出した。

「言っとくけど、俺は父さんみたいに組のためだからってあんたらに尻尾《しっぽ》を振る気はねぇぞ。もし姉ちゃんが断ってもまとわりついたりしたら、ただじゃおかないからな」

「別にまとわりつく気はないが」

薄笑いを浮かべて健吾は言う。

「欲しいと思えば、俺はどうやってでも手に入れる。子供の頃からずっとそうしてきたからな。それを変えるつもりはない」

「我儘《わがまま》な野郎だな、親の顔が見てみたいもんだ、躾《しつけ》がなってねぇ」

ふん、と鼻を鳴らすとさすがに沙月が青くなった。

「かっちゃん、いい加減にしなさい！　も、申し訳ありません、健吾さん、会長さん。この子、無鉄砲で考えなしなものですから」

「謝ることなんてねぇのに」

ぶりぶりしている佳月に対して、健吾はいたって冷静だった。

「まったくだ。謝るには及びませんよ、沙月さん。愛らしい小型犬ほどきゃんきゃんとよく鳴くものです」

「てっ、てめえ、バカにしてやがんのか！」

いきりたつ佳月に、健吾はからかうように言う。

「バカにしているつもりはない。可愛《かわい》らしい弟さんだと褒めているんだ」

「なっ……！　てっ、てめえ」

「正面切って俺に突っかかってくるやつは、組の中にもそうはいない。よほどのバカか身の程知らずくらいだからな」

「うるせえ！　組のためだとおとなしくしてりゃあ、つけあがりやがって！　表に出ろ、タイマンで勝……ぶっ！」

言いかけた佳月の後頭部が、スパーンと小気味いい音をさせてはたかれた。

痛ぇ！　と振り向くと、いつの間に戻ってきたのか般若《はんにゃ》の形相の母親が、スリッパを握った右手を震わせて立っている。

「佳月！　健吾さんと会長さんに謝りな！　こんな無礼を働いて、父ちゃんの時代だったら指が飛んでるとこだよ！」

無理矢理ぐいぐいと頭を押された佳月は両親を困らせるわけにはいかないと、ようやく血が上った頭で悟った。

すみません、と仏頂面で謝罪をすると、姉の沙月が佳月の背をそっと押す。

「かっちゃん。もういいから、母さんたちと待っていて。私なら平気」

でも、と佳月がなおも食い下がると、ふぉっ、ふぉっ、という気の抜けた笑いが部屋に響く。

「姉思いの優しい弟さんじゃ。が、男と女の話にまで首を突っ込むのは、いかな身内といえども野暮ですぞ。それ、わしと一緒に退散、退散」

長年覇権を争ってきた組とはいえ、さすがに年のいった会長にまで逆らうことはできず、後ろ髪を引かれる思いで佳月は立ち上がる。

しかし座敷を出る直前、ふすまを閉める前に振り返った佳月は、自分を射抜くように見つめている健吾の視線が、どうしても気になって仕方なかったのだった。


嫌な予感が的中したと佳月が知ったのは、それから一週間ばかりが過ぎた夜のことだ。

友人宅から帰った佳月は、父親の車が自宅の門から出て行くのを見てハッとした。

突然父親が帰宅して、またすぐに事務所に戻るということは、なにか電話では済まない大事な用件があったに違いないからだ。

佳月は急いで防犯カメラ越しに帰宅を告げ、門から玄関までの無駄に長い道を走り、靴を脱ぐのももどかしく居間のドアを開いた。

するとソファに沙月と母親が寄り添うように座り、すがるような目をしてこちらを見上げてくる。

「母さん、姉ちゃん。今、父さんが来てたんだろ。なんかあったのか」

ただならぬ雰囲気に胸騒ぎを覚えながら言うと、沙月は悲しそうな顔をこちらに向けた。

「かっちゃん。私、郷島組に、本当にお嫁に行くことになったの」

やっぱり！　と佳月は頭を抱える。

「なんできっちり断らなかったんだよ！　一生の問題じゃねえか！」

「それがね、佳月」

沙月と母親からひととおり話を聞いた佳月は、激怒のあまり絶句してしまった。

というのも郷島組から健吾が沙月を気に入った、ぜひとも縁談を成立させたいという申し出があり、押し切られた形で父親が承諾させられてしまったというのだ。

さらには有無を言わさぬ勢いで、式の日取りまで一方的に郷島組で決定の上、通知してきたらしい。

「今朝いきなり式の日程を知らされて、お父さんも驚いたようなんだけれど。……もう関係各位に通知したと言われたらしくて、とても断るに断れなかったみたい」

「ああ？　断るに断われないって、なんでだよ！　断れよ！」

渋い顔で説明する母親に、佳月は思わずくってかかる。

「そりゃ、周囲に知れ渡っちまった手前ってもんがあるだろう。この世界じゃ、面子《メンツ》ってもんが大事だとあんたも知ってるだろ」

「だ、だけどなんだってこんな急なんだ。一回会ったきりで、もう結婚っていくらなんでも早いじゃねぇか」

はあ、と母親は苦い溜め息をつく。

「そりゃ、商売の関係だよ。来年四月以降、規制が厳しくなる前に、どうしてもうちのシマの一帯を組み入れたとこに大きな風俗ビルを建てたいらしいからね。組の存続が絡んでなきゃ、もっと父さんも強気に出れたんだろうけど」

「父さんを責めないで。私が悪いの」

ぐすっ、と鼻をすすって沙月は言う。

「父さんに、健吾君はどうだった、って聞かれたときに、素敵な方だったわ、って言ってしまったから。私が嫌がってると思わなくて当然だもの。なんだか、悪く言うのは申し訳なくて」

うんうん、と佳月はうなずいた。

「姉ちゃんは優しいからな。俺だったら、感じの悪いエロ眼鏡ってはっきり言ってやったのに」

慰める佳月だったが、沙月はぐっと唇を噛んで俯《うつむ》き、次に顔を上げたときにはその瞳に決意の色があった。

「違う。優しいから、ではすまないのよ。私のはっきりしない態度が、父さんと組を危うくしてしまったんだから」

「なにを言うの、沙月。あんたに悪いとこなんて、これっぽっちもないよ」

沙月の肩を抱く母の前に、佳月は仁王立ちになって憤慨する。

「当たり前だ！　母さん、俺はなにがどうなろうが姉ちゃんを組の犠牲にするなんて、絶対納得できねぇぞ！　だいたい俺は一目見たときから、あの健吾ってやつは気に食わねえ。女を取り引きに巻き込むなんて最低の野郎だ！」

でも、と沙月は厳しい表情を佳月に向ける。

「このままじゃ、里海組がどうなるかわからない。お見合いの席で、健吾さんは言ってたわ。目の上のたんこぶのままでいるなら、潰すしかない。でも身内に加わるなら、たんこぶが大きくなった分、自分たちも大きくなったと思うことにしますよ、って」

なんだと、と佳月は顔色を変える。

「そ、それは、姉ちゃんが嫁がねえなら、うちの組を潰すってことかよ？」

だろうね、と母親が赤い唇を憎らし気に歪めた。

「おそらく、単なる脅しじゃないだろうさ。残念だけど里海の縄張りは年々小さくなっている。あちらさんにしてみれば、潰されるか傘下に入るか選べってことだろう」

それは残念ながら、佳月にも容易に思い当たることだった。

極道などといっても、ＩＴを駆使した仕事が増えているのだが、父親も祖父もそちらの方面はまったくと言っていいほど疎《うと》かったのだ。

それを察してか近年は新しい組員が入ってこず、先行きは暗いものがある。

だからこそ、そちら方面の稼業にも精通する郷島組との和解と共同事業を、父親は望んでいた。

「あのむっつりエロ眼鏡。姉ちゃんに惚れたなら惚れたで、きっちり仁義を通せってんだ。相手の気持ちを確かめもしねぇで嫁にこいだなんて、何様のつもりだ」

憤慨する佳月だが、沙月は自虐的な目をして首を振る。

「ううん。おそらく健吾さんは、私を好きになってくれたんじゃない。せめてそうなら救われたけれど。私を見る目は、ずっととても冷たかったもの。でも……断って父さんになにかあったらと思うと」

「ごめんよ、沙月。組が小さいばっかりに、お前の肩に重たいもんを乗せてしまって」

「平気よ、私だって里海組の娘だもの。お嫁にいったからって、とって食われるわけじゃない。それでみんなが安泰なら、私はそれでいいと思ってる」

健気に笑って言う沙月と、日頃の厳しさとはうってかわって辛そうに謝る母親を前に、佳月の怒りはピークに達していた。

「ちょっと待てよ。あきらめるのかよ、姉ちゃんも母さんも。俺はこんな理不尽、絶対に認めねえぞ！」

佳月は極道だからこそ、仁義も恩義も大切だと思っている。

子供のころから喧嘩《けんか》は大好きだが、相手は常にいじめっ子であり、弱いものいじめや女子供を泣かせるなど、鬼畜生にも劣る所業だと常々考えていた。

「かっちゃんが認めなくても、どうにもならないわ。ことは両家、二つの組全体に関わることなのよ」

沙月が訴えると、そうだねえ、と母親が額に手を当てた。

「どうすればいいのかねえ。まさか沙月を逃がすわけにもいかないし」

「逃げられるものなら逃げてるわ、母さん。だけどそうなったら、組と父さんが責任を負わされてしまう」

ううん、と母親は考え込むように首をかしげる。

「それこそ戦国の世だったら、あたしが代わりに人質になってやりたいけれど。そういうわけにも……」

ふたりのやり取りを聞きながら、佳月は両手の拳《こぶし》を握りしめ、心の中で密かに覚悟を決めていた。

——俺が絶対になんとかする。……どうすればいいのかわかんねぇけど、父さんも姉ちゃんも、誰にも傷つけさせたりしねぇ！

そして佳月はその夜、友達に会いに行くと告げて家を出ると、考えを行動に移したのだった。


「なかったことにだと？」

モダンなオフィスビルにしか見えない建物の最上階に、郷島組の事務所はあった。

沙月の見合い話が出た際に、どこのどんな組なのか母親から詳しく聞いてはいたのだが、ここまで大きな事務所を一等地に構えているとは想像していなかった。

階下のテナントに入っている企業も、ほとんどが組関連らしい。

マホガニーのデスクに向かい、パソコンのモニターを眺めながら、郷島健吾は佳月の言葉にわずかに眉を顰めた。

里海一家の誰にも内緒で、アウェイともいえるこの場所に単身乗り込んだ佳月は、ずいと健吾の正面に立つ。

「おう、そうだ。悪いが見合いの件は忘れてくれ。姉ちゃんはあんたにやれない」

悪かった、と頭を下げる佳月に、健吾はにべもなく言う。

「謝るのは勝手だが、貰い受けることは決定事項だ。変更はきかん」

「……頼む。そこをなんとか」

「無駄だ。さっさと帰って大事なお姉ちゃんとお別れパーティでもしろ」

なんだとコラァ！　とあまり気が長くない佳月の頭に血が上る。

ドン、とデスクに手を突くと、背後にひかえている部下らしき男たちが身構えたことが、気配でわかった。

「構わなくていい、身内の揉《も》め事だ。お前らちょっと外へ出ていろ」

健吾がそう告げると、速やかに男たちは退室していく。

佳月は必死に食い下がった。

「なあ、あんただって嫌がる女と所帯なんか持ちたくねぇだろ」

やれやれと健吾は、やっとモニターからこちらに身体を向けた。

「そう言われてもこちらはとっくに、お前の姉を迎え入れる準備をしている。いまさらできない相談だ」

「……あんた、姉ちゃんに惚れたのかよ」

本音を読み取ってやろうと眼鏡の奥を覗《のぞ》き込んで言うが、そうするまでもなくあっさりと健吾は言った。

「いや、まったく」

「なっ……！　じゃあまじで商売のためだけだって言うのかよ！」

気色ばむ佳月とは対照的に、健吾は淡々としている。

「もちろんだ。仕事の上で必要だからに決まっている。里海のシマも必要だし、そこで共同の商売をする上で、絶対に裏切らないという保証が欲しい」

「保証……じゃ、じゃあ、姉ちゃんのことは」

「中学生でもあるまいし、結婚が好きだ嫌いだで済む話だと思っているのか？」

健吾は呆《あき》れたというように溜め息をつく。

「一度会っただけで惚れたもクソもあるか。だがすでに式の手配も進んでいるし、関係各位に通達済みだ。いまさら取りやめにはできん」

「でも姉ちゃんは知らなくて」

「それは里海の家の問題だろうが。こちらになんの落ち度がある」

「それはそうだけど、でも」

佳月が執拗《しつよう》に食い下がると、一瞬ぎらりと眼鏡の奥の瞳が光った。

「……家ごと消されたいのか、お前らは」

健吾は静かな、しかし苛立《いらだ》ちを潜めた口調で言う。

「この俺に花嫁に逃げられた男になって欲しかったら、父親の指の一本や二本で済むと思うなよ」

「そ……それは……」

本気で凄《すご》まれて、さすがに佳月の背にゾクリと震えが走った。

確かにこの世界では、なによりも面子を重んじる。

結婚相手が心から愛せる人ではないという沙月の気持ちなど、郷島組にとっては寝言にも等しい些細《ささい》な事柄でしかないだろう。

いかに佳月が強引に頼み込んでも、このままでは埒《らち》があかないに違いなかった。

——どうすればいい。……金か？　いや、うちに潰した面子の代価を払えるほどの資産がありゃ、そもそも縁談の必要だってなかったんだ。無条件で縄張りを手放すって方法もあるけど、そしたら組員が路頭に迷っちまう。だけど……なにか手はねぇのか。このまじゃ姉ちゃんだけじゃない。母さんだって心労で……。

そこまで考えた佳月の頭に、母親が言っていた言葉がふと浮かぶ。

『それこそ戦国の世だったら、あたしが代わりに人質になってやりたいけれど』

「お……俺が……」

佳月はごくりと息を飲み、必死の思いで健吾に言った。

「俺が人質になる！」

「ああ？」

健吾はきつく眉を寄せ、胸を張って宣言した佳月を見る。

「ようするに、商売の保証になりゃいいんだろ。だったら……長男の俺だっていいじゃないか！　俺があんたの手下になってやる。鉄砲玉にだって雑用係にだってなってやるよ、だから！」

「なるほど」

ずっと冷たく酷薄だった健吾の目が、面白がっているように瞬いた。

「それもひとつの考えだ。しかし言っただろう。俺は花嫁に逃げられた男になるわけにはいかん。単なる見栄の問題ではなく、郷島組の沽券《こけん》に関わることだ」

わずかながら健吾の心が動いたと感じて、佳月はもうひと押しとばかりに懇願した。

「頼む、なんでもする！　こう見えて、俺のが姉ちゃんより飯作るのうまいし！　あ、あんたのパンツだってなんだって洗ってやるから！」

健吾は声には出さずにうなずいたが、なにか考えるように視線をデスクの上で組んだ指に落とした。

そのまま健吾は黙ってしまい、佳月は祈るような気持ちでその様子をじっと見つめる。

やがてゆっくりと、健吾の視線が再び佳月をとらえた。

「お前、佳月とか言ったな。姉の代わりに……花嫁になる覚悟はあるか」

「――――え？」

「周囲を欺《あざむ》けるなら、お前のほうが放っておけるぶん面倒がなくていいかもしれん。俺の……郷島組若頭の嫁として」

「ええぇ？」

顎がはずれそうなほど驚いたし、健吾の真意もわからなかったが、佳月に選択の余地はない。

気が変わらないうちにと慌てて承諾し、三か月後の挙式へと至ったのだった。


そして大安吉日のこの日。

郷島組の本宅大広間にて、健吾と佳月の結婚式が執《と》り行われている。

床の間には松竹梅に鶴亀の掛け軸、その前には縁起物を乗せた三方が並ぶ。

佳月と健吾の前方には、左右にずらりと両家の親族が座っていた。

いずれも目つきは鋭く、中には顔に大きな傷がある男もいる。

普通の一般家庭の式ならもう少し明るい場になるのだろうが、つい先日まで険悪だった極道同士とあって、空気は常にぴりぴりしていた。

こんな状態でもしも佳月が男だとバレたら、すぐさま修羅場と化すだろう。

佳月は俯き加減でなるべく顔を綿帽子に隠し、息が詰まりそうな緊張を耐え続ける。

特に健吾の後見人になっている、会長夫婦と親子固めの杯を交わす際には、もともと嘘《うそ》が嫌いな性分でもあり、帯で締め付けられた胸が精神的にも苦しくてたまらなかった。

母親はしれっとした顔で健吾と杯を交わし、この作戦を知ったときにはうろたえていた父親も、さすがにこの場では堂々と親分然として、威厳を醸し出している。

この場に姿のない沙月は佳月の必死の説得により、渋々ながら叔母の経営するハーブ園で働くことを承諾し、すでに北海道へ引っ越していた。

だから佳月は今、沙月として新婦の位置に座っている。

もうこうなってしまっては里海組の四代目になることは、おそらく永久に叶わない。

——だけど。姉ちゃんを泣かせてついた組長の座なんて、そんな薄汚ねぇもん、俺はいらない。家族の犠牲の上に栄える組にも興味なんかねえんだからな!

里海組の組長の子供は二男一女という程度は知られていたが、組事務所と自宅が別で父と同居していないこともあり、顔や背格好まで知っているのはごく限られた身内だけだ。

とはいえ、自分の女装などすぐバレるだろうと佳月はふんでいたのだが、どうやら似合ってしまっているらしい。

この広間には入室を許されていないが、出迎えた郷島組の下級の組員たちから、口々に美人だ綺麗な姐さんだと誉めそやされ、もう少しでブチ切れて、帯に挟んだ装飾用の守り刀を振り回すところだったのを、佳月は必死に堪えたのだ。

おかげで媒酌人である会長の挨拶《あいさつ》の間も、佳月の頭の中にはクソとブッコロスという言葉がぐるぐると渦を巻いていた。

そんな佳月の心中にはお構いなしに、やがて式はつつがなく終了という運びになる。

こうして先日まで屋台でトウモロコシを焼き、ヤンキー相手にメンチを切って喧嘩に明け暮れていた二十歳の極道は、名実共に花嫁になってしまったのだった。


「あの野郎、平然としてやがった。俺の白無垢見ても、顔色ひとつ変えねぇんだぜ」

式を終え控室に割り当てられた別室に入った途端、佳月は頭から綿帽子をむしり取った。

大きな鏡の中には、自分でもムカつくくらいに日本髪と赤い紅が似合う小さな顔がある。

佳月は自分が少女と見まごうような美形だなどと、一度も思ったことはない。

とりたてて粗はないが、悪く言えばこれといって特徴のない顔だ。

が、そのせいか我ながらびっくりするほど、化粧映えがしていた。

どすんと自棄《やけ》になったようにドレッサーの椅子《いす》に座ると、弟の亜月《あつき》がなぜか楽しそうに寄ってくる。

「まあ当然なんじゃない。それくらいの神経してないと、若頭なんてつとまらないだろうし。正式に結婚したって見せかけるための式だから、兄さんだってそんな格好なわけでしょ」

「だ、だからって男相手に結婚式だぞ。気色悪くねえのかあいつ」

「だけど兄さん、鏡見てみたら。その辺の十人並みの女より、よっぽど可愛いから」

「ああん？　お前、喧嘩売ってんのか」

佳月がむくれると、亜月は鏡越しに面白くてたまらないといった笑みを見せながら背後に立った。

面差しはどことなく似てはいたが、佳月と比べると目元が涼しげで、鼻が幾分高い。すらりとした身体にブレザーの制服がよく似合って、理知的な顔つきとサラサラストレートの髪型のせいか、良家のお坊ちゃんのようにも見えた。

だがおとなしげな容貌と相反して、口調はなかなかきついものがある。

「花嫁さんに喧嘩なんて売るわけないでしょ。顔に傷でもつけたら、花婿さんに仕返しされちゃう」

「お前なあ」

綺麗に整えられた眉を顰めて、佳月は溜め息をついた。

「俺がこうなったのは、姉ちゃんと母さんのためだけじゃなくて、亜月のためでもあるんだぞ」

「ん？　なんで俺？」

佳月の日本髪をつついたり撫《な》でたりして弄《もてあそ》びながら、亜月は不思議そうな顔をする。

「なんでって、お前が安心して高校生活を送るためにも、郷島組とは上手《うま》くやらなきゃならねぇだろうが。それにお前は俺と違って頭がいいんだから、進学する学費だって必要だろ」

へえ、と亜月は少しだけ顔を赤くした。

「俺のことまで考えてくれてたんだ。ありがと、兄さん」

「よせよ、照れるだろ」

少しだけこの花嫁姿になった甲斐《かい》があったと思った佳月に、でも、と亜月は続ける。

「その優しくてお人よしのとこは、兄さんの長所だけど短所でもあると思うんだよね」

佳月はむうと、綺麗に化粧された頬を膨らませる。

「どういう意味だよ」

「兄さんは大昔の任侠映画の世界ならまだしも、シビアな極道ビジネスには向かないってこと。その点、俺のほうが跡継ぎには向いてるかなって。だから安心してお嫁に行くといいよ」

「嫁に行くって言い方すんな！　人質と言え、人質と。……しかし亜月。お前、そんなこと考えてたのか？」

まだまだ子供と思っていた弟の言葉に驚く佳月だったが、ノックの音で会話は中断された。

「佳月、お疲れ様」

「素敵だったわ、佳月ちゃん」

返事を待たずにドアが開くと満面の笑みを湛《たた》えた母親と伯母、そして祖母が入ってくる。

「本当に綺麗だったわよ。跡継ぎのあんたを取られちまって、一時期は本当に悩んだし健吾さんを恨んだけれども。これで良かったんじゃないかと、今は思えるのよ」

「はあ？　ちょっと待てよ、確かにこれは俺が決めた結果だけど、不本意もいいとこなんだから納得しないでくれ。ついこの前まで四代目を継ぐ気満々だったんだからな」

心外だと不貞腐《ふてくさ》れる佳月に、いやいやと母親は首を振る。

「生き馬の目ん玉を抜くこのご時世、義理と人情なんてもんを信じてるあんたに、極道は向いてないよ。いっそ健吾さんに貰《もら》われたほうが安心て気がしてきてね」

「母さんてば、俺と同じこと考えてる」

「おい、なんだよ二人して。いい加減にしねぇとまじで怒るぞ」

母親と亜月に腹を立てる佳月だったが、今は自分のことは二の次だった。

「そんなことより、姉ちゃんには式が終わったって伝えたか?」

「ええ、こちらはとても元気にやっているから、佳月にくれぐれもお礼を言ってくれって」

「……そうか。よかった」

姉の安否報告に、佳月は胸を撫《な》で下ろす。

「だけど姉さんにも、兄さんの晴れ姿を見てもらいたかったな。まあ、画像は送るけど」

ふふ、と笑う亜月を佳月は睨む。

「笑いごとじゃねえよ。……そもそも、なんだって式まで挙げなきゃならねぇんだ。嫁がいるっぽくしてりゃいいだけだろうが」

「大幹部が所帯を持つとなったからには、内外への通達やお披露目は大事なのよ。特に今回は、里海と郷島の和解と合併っていう意味もあるからね。これでもとても控えめなお式で済ませたんだから」

でもよぉ、とぶうたれる佳月に、母親はぴしりと言った。

「あんたが父さんと沙月のためにひと肌脱いでくれたことは本当に感謝してるし、感心もしてる。けどこの道を選んだのはあんた自身なんだ。ここまできたからには、腹をくくりな」

「そ、それは……わかってる」

紅を引いた唇を引き結び、佳月は俯いた。

もちろん覚悟は決まっているのだが、あまりにも今回のことの運びが想定外で、なかなか頭がついていってくれないのだ。

切った張ったで戦うならまだしも、白無垢を着て嫁になった場合の対処など、いくら考えてもとまどうばかりだ。

黙ってしまった佳月に、伯母と祖母とが歩み寄る。

「さあさあ佳月ちゃん。まだゆっくりと花嫁ごりょうさんの艶姿《あですがた》を見ておりたいけども、そろそろ着替えんと」

ふぇふぇふぇと歯のない口で祖母が笑い、やれやれと佳月は立ち上がる。

男とバレては困るため、更衣室には里海組の身内だけが出入りしている。

ただし白無垢用の日本髪のかつらや着付けは、郷島組から専門の者がきて化粧まで施していった。

今の時点で佳月が男だと知っているのは、家族以外にはその着付けを行った者と、健吾だけということになる。

「でも佳月ちゃんも素敵だったけど、健吾さんもねえ。背は高いし彫は深いし胸板は厚いし、紋付袴が本当に似合ってうっとりしちゃったわ」

「あたしもあと二十歳若けりゃのう」

「それでもまだ年上すぎますよ、お婆《ばあ》ちゃん。まだ私のほうが可能性が」

——なんだなんだ婆ちゃんまで、あんな野郎の和服姿にころっと騙《だま》されやがって。お、俺だってああいう格好すりゃ、結構二枚目に見えるんだ。それをなんだチクショウ、白無垢なんか着せやがって。

伯母たちのはしゃいだ甲高《かんだか》い声に苛立つ佳月だったが、手伝ってもらわないと帯を解けないので仕方ない。

「紅をさした男の子から白無垢を脱がせるって、なんだか背徳感があるわよねえ。ドキドキしてきちゃう」

「……美奈代《みなよ》伯母さん、頼むから妙なこと言うのはやめてくれ」

「同感ですね。あ、動画撮っておこう」

「亜月てめえ、覚えてろよ」

鏡の中の自分が打掛から順番に着物を脱ぐのを、悪夢でも見るように佳月は眺める。

——学生時代に俺がぶちのめした連中にこんな姿を見られたら、一生同窓会にも行けやしねぇ。でも……今はまだいい。周りは里海の身内で固めてるからな。だけど今夜からは郷島の家に入る。そこで俺は暮らしていけるんだろうか。あの……とりすましたインテリ野郎と。

そこまで考えて、佳月は嫌な予感にぶるりと頭を振った。

――ま、まあ、あいつもゲイってわけじゃないだろう。要するに身を固めると知れ渡った手前、面子を立てろって話だ。せいぜい家政婦の代わりをすればいいんだろ。それでうちの組も家族も安泰だっていうなら、この身体ひとつ安いもんじゃねえか。鉄砲玉として罪を犯し、十年以上の懲役《ちょうえき》をくらって臭い飯を食い続けるよりましに違いない。

よし、と改めて気合を入れた佳月だったが、母親が手にしているドレスが目に入って固まった。

「……母さん。なんだよそれ」

「なにって、パーティドレスよ。宴席はホテルに設けたって言ったでしょ。健吾さんの下で働いている方々にもご挨拶しないと。直属の方々だけでも百人からいるらしいもの、ここでは無理だしそのほうが都合がいいわ」

「じっくりあちらの家のもんと話すよりは、順番に頭を下げるだけにしておけば、バレんで済むじゃろ」

「……つまり、次はそれを着ろってのか」

「そうよ。もうすぐさっきのヘアメイク係の人がきてくれるから、お化粧もドレス用に直して、ウィッグもつけないとね。それとベールもつけたほうが安心だと思って用意してあるの」

ぷっ、と噴き出した亜月をじろりと佳月は見る。

「おい亜月、ビール持ってこい！　こんなもん飲まずにやってられるかってんだ！」

「兄さん、酒なんか飲めないくせに。さっきの三々九度で、ちょっと顔赤くなってんじゃない？」

「ああん？　さっきからお前、生意気だぞ」

「これこれ、花嫁さんがそんなことを言うもんでない。せっかくの綺麗なべべが泣くじゃろうが」

がっくりと脱力した佳月の頭から日本髪のかつらがはずされ、べったりと化粧落としのクリームが顔中に塗りたくられた。

次はおそらく祖母が手にしている、くるくるとカールされたウィッグを着けなくてはならないらしい。

――俺が結婚するときは純白の特攻服で……お色直しは龍と鳳凰《ほうおう》の刺繍が入ったスカジャンを着ようってのが密かな夢だったのに。

クリームを拭き取られ、佳月は思い切り顔をしかめる。

そしてまだかすかに口紅の残っている唇で鏡の中の小さな白い顔に、ちっ、と舌打ちをしたのだった。

ホテルでの宴会が終わったのは、夜の十時を過ぎた頃だった。

出席者は里海組からはほぼ身内ばかりだが、郷島組からは構成員だけでなく系列会社の重役クラスも来ていて、女として振る舞っていた佳月は疲れ果ててしまっていた。

愛想笑いなどハイヒールと同じくらい、これまでの人生で縁がなかったからだ。

健吾は薄い笑みを張り付けて挨拶と乾杯を繰り返していたが、腹の中ではなにを考えているのかわからない。

挨拶が途切れた一瞬、セットのように横に立っていた佳月は、皮肉を込めて言ってみた。

「前々から思ってたけどあんたって、ヤクザより詐欺師が向いてるんじゃねぇの。よく平然と男相手の結婚祝いに答えたりできるよな」

健吾は社交辞令を言うときの笑みを浮かべたまま、ゆっくりと佳月に顔を向ける。

「黙れガキ。ぶちのめされたいのか」

声は周囲に聞こえないほど小さく、穏やかでさえあった。

佳月の頭にカッと血が上ったが、さすがにここで殴《なぐ》りかかるわけにもいかずに必死に堪え、彫像のような男の顔を睨む。

母親と亜月は佳月に、今のヤクザには向いていないと言ったが、確かにそうなのかもしれない。

単細胞の佳月には、微笑《ほほえ》みながら相手を恫喝《どうかつ》するような腹芸はできなかった。

「つくづく性格悪いな、あんた」

毒づいても、今度は健吾は完全に佳月を無視した。

佳月は憤慨すると同時に、やはり姉を嫁がせなくて正解だったと確信する。

宴会がお開きになると、今夜からすでに里海の家には帰らず、健吾の自宅へ向かう手はずになっている。

だが今生の別れというわけでもなく、佳月が女装しているという珍妙さもあるためか、里海家との別れの挨拶にしんみりした空気はまったくない。

やがて家族たちも引き上げると、肉体的にも精神的にも疲れ果てた佳月は健吾の部下が運転する車に乗せられて、新婚生活を送るべく新しい住まいへと向かったのだった。


「姐《あね》さん、お足もとにお気を付けて」

車がマンションの駐車場に到着するや否や、助手席から飛び出した大男が健吾が座る後部座席のドアを大急ぎで開け、次いで佳月側のドアを開いてうやうやしく頭を下げる。

姐さん呼ばわりに思うところはあったものの、下手なことを口走るとまずいので、佳月はむっつりとうなずいて車を降りた。

いかに健吾の配下の者であっても、男とバレたらまずいだろう。そう考えて、車中でもできるだけ口をきかずにいたのだ。

運転手も助手席にいたこの男も黙っていたため、道中はずっと重苦しい沈黙に包まれていた。

男はドスのきいた声で、ぼそりと言う。

「お荷物を、お持ちいたします」

「は？」

荷物と言っても、手にしているのは小さなパーティ用のバッグだけだ。

「じ……自分で持つ」

面喰《めんく》らいながら小声でそれだけ言って車越しに健吾を見ると、こちらの意図に気付いたらしく無表情で説明する。

「平松《ひらまつ》だ。それに運転手の吉野《よしの》は、お前のヘアメイクと着付けをした男だ」

「えっ」

思いがけないことを聞き、佳月はほとんど注意を払っていなかった、運転手のほうに目を向ける。

「この二人は、今後も移動時には俺やお前の護衛として働く機会が多い。顔を覚えておけ。お前の性別についてもこの二人にだけは教えてある」

言って健吾はすたすたと歩き出し、どうぞと言うように平松に誘導されて、うろたえつつも佳月もそのあとを追った。

平松は健吾より縦も横も大きかったが、態度は丁寧で口数は少なく腰は低い。

佳月が男だと知っているということだったが、まじまじ顔を見つめると、眉の太い強面の頬をポッと染めた。

――健吾の忠実なしもべってことか。でかい番犬みてぇだな。

けれど飼い主に似て、今はおとなしいがひとたび怒れば、相当に獰猛《どうもう》なのではないかと佳月は思う。

案内された佳月は、健吾が住む高級マンションの手厚いセキュリティシステムと、その他もろもろの最新設備に口が半開きになっている。

正面玄関の奥にはホテルのような受付があり、管理スタッフが常駐しているようだ。

平松の説明によると、このマンションも管理会社も郷島組の系列会社が経営しているとのことで、管理スタッフも配下のものだと言う。

「監視カメラも要所要所に設置してありますし、セキュリティは組事務所より厳重なくらいですから。姐さんは安心して新居でくつろいでください」

「え？　……そ、そうか」

男と把握していても、外ではどこに人の耳があるかわからないから姐さんと呼ぶのだろう。

仕方ないこととは思いつつ、佳月の内心は複雑だ。

「では、私はこれにて失礼いたします。明日、いつもの時刻にお迎えに上がりますので」

エレベーターのドアが開くとそう言って平松は背を向け、地下駐車場へと戻っていく。

その背を見送り、佳月は大きく息を吸いこんだ。

健吾はエレベーター内もフロアに出ても、自室の前についてさえも佳月など存在しないかのように黙ったままで、ドアを開くと入れというように軽く顎を動かした。

ここから新しい生活がスタートするという緊張で、佳月は腹を立てるのも忘れて新居に足を踏み入れる。

――びびるな、俺！　母さんも姉ちゃんも里海組も、俺が守るんだ！

まずは驚くほど広々とした、段差のない玄関が佳月を出迎えた。

近代的でセンスはいいが、どこか冷たい印象を与えるシンプルな内装は、いかにも健吾の自宅という感じがする。

「……えーっと。上がるぞ」

さっさと靴を脱いですたすた廊下を先に行く健吾の背に、お邪魔しますと言うのも変なので適当に声をかけ、佳月は歩きにくいパンプスから足を解放した。

勝手がわからず、きょろきょろしながら廊下を進むと、これまた広いリビングが現れる。

健吾はキッチンらしき奥のほうから、ミネラルウォーターのボトルを持ってきてテーブルに置く。

「俺はシャワーを浴びるから、とりあえずこれでも飲んでろ。お前も使うか」

それは今、なにより切実に佳月が求めていることだった。

長時間の式とパーティで汗ばんだ上に、会場の酒や料理の匂いが染みついてしまったような気もしているし、なにしろ化粧が気持ち悪い。

「ああ、じゃあ借りる……ってのもおかしいか。まあなんでもいいや、とにかく使う」

答えると健吾はうなずいてバスルームに向かい、その間佳月は自分の住居になった室内をぐるぐると見回していた。

天井が高く、明かりはすべて間接照明だ。洒落《しゃれ》てはいるが、天井の隅や梁《はり》の下など、どうやって電球の取り換えをするのだろうなどと、どうでもいいことを考えてしまう。

窓辺のロールスクリーンを上げると、都心の夜景が美しく見えた。

――なんか観光地のホテルみてぇだな。

そんなことを考えていると、健吾がバスルームからリビングへと戻ってくる。

「終わったから使え。廊下を出て右側だ。綺麗に使えよ」

「わ……わかった」

やっとドレスが脱げる、と急いで佳月はバスルームへ向かい、脱衣所に入るや否《いな》やホッとしてドレスを脱いだ。

洗うのかクリーニングに出すのかなど知ったことではなく、適当に丸めて脱衣所の片隅に置き、ゆったりと足を伸ばせるほどの大きなバスタブのあるバスルームへと佳月は入った。

シャンプーもコンディショナーも見たことのない銘柄で、どれも紅茶のようなやたらといい匂いがする。

——男でこんなもんにこだわるやつに、ろくなのはいねぇんだ。固形石鹸《せっけん》を使え、固形石鹸を。

心の中で悪態をつきつつも、香りと泡立ちのよさに佳月はうっとりしそうになっていた。温かい湯のおかげで緊張と疲れがとれ、忌々《いまいま》しい化粧もとれて気持ちもすっきりしていく。

帰宅早々シャワーをすすめてくれるとは、健吾もまた式とパーティでうんざりし、佳月の気持ちをわかったのかもしれない。

なかなか気が利くじゃないか、と一瞬健吾を見直しかけた佳月だったのだが。

シャワーを浴び終えた佳月は、脱衣所に出て考え込んでしまった。

「なあ。早速で悪いんだけど、俺の……着替えとかってどこだ?」

置いてあったバスタオルを腰に巻いた佳月は、ぺたぺたと裸足《はだし》で廊下を歩き、二十畳はありそうなリビングに戻って尋ねる。

佳月は当座の着替えなどを、前日に段ボールで送っていた。

健吾はリビングのソファでワインを飲みながら、雑誌に視線を落としたまま、反対側のソファを指でさす。

「着替えなら、そこに出してある」

「そ、そうか。悪い」

見ると革張りのソファに、なにやらピンク色のふわふわとしたかたまりがある。

ん？　と眉を顰めてそれを手にした佳月は、キッと健吾を睨んだ。

「おい、なんだよこれは！」

「なんだとは。お前の望む着替えの下着と寝間着だが」

「ふざけんな！　こんなもん着れるか！」

それは柔らかなシルク素材にたっぷりとレースがついた、とても愛らしいベビードールタイプのネグリジェだったのだ。

さらには一緒に重ねてあった小さな紐《ひも》パンツが、ひらひらと足元に落ちる。

「なんだよこれはぁぁ！」

健吾は雑誌から視線を上げ、佳月に冷たい目を向けた。

「夜遅いのに大きな声を出すな。嫁にしてくれと頼んだのはお前だろうが」

「それはそうだけど！　おっ、俺の私物はどこだ！　段ボールで送っただろうが」

「それならもう送り返したぞ。俺の嫁にはふさわしくない、下品な服ばかりだったからな」

はあ？　と怒りのあまり言葉が出てこない佳月に、冷ややかに健吾は言う。

「それともまだチンピラに未練があって、嫁になる腹を決めていなかったのか。優柔不断なやつだな」

「……なんだと」

ぎりぎりと歯噛みをするが、健吾の言うことにも一理ある。

身代わりにしてくれと強引に頼んだのはこちらなのだ。

——我慢我慢。むしろ姉ちゃんがこんな目に遭《あ》わなくて良かったと思わねぇと。

さらには、里海組の命運がかかっているのだと思い出し、佳月は怒りに震える手でベビードールをひっかぶった。

それから床に落ちている、薄い布を拾い上げる。

「まさかこれ、パンツじゃねえよな？」

「他のものに見えるか？」

「せいぜいマスクの分量の布しかねぇだろうが！　こっ、こんなもんに俺のもんが収まると思ってんのか！」

「収まるだろ。それになんでもするとお前が言ったんだろうが」

「……うう」

にべもなく言われて、佳月は涙目で小さな紐のパンツに足を通した。

「なあ。もしかして俺、ずっとこんな格好で暮らすのか？」

不安になってきて小声で言うと、健吾は無言のままついと顎を動かして、隣に座るよううながした。

「基本的には女の服だ。突然の客の来訪があるかもしれんし、どこに人の目があるかわからないからな」

「それって生活全般かよ？　外出してるときだけじゃなくて、家にいても一日中……」

そこまで言って、ふと佳月は恐ろしい可能性を思いついてしまった。

口に出そうとしたものの、まさか、と一度は思いとどまりしばらく迷った末に、やはりはっきりさせておこうともう一度口を開く。

「その……なあ、郷島……さん」

ゴクリと唾《つば》を飲んで、佳月は聞いた。

「あんたって、まさかこっちってことは……ねえよな？」

佳月が右手の甲を左頬にあてると、健吾は即答した。

「俺は男女に対するこだわりはない」

うええっ、と佳月は目を剥《む》いた。

「あ……ええと。そっ、それはでも、俺をどうこうって話じゃねぇよな？」

いくら白無垢を着ようが、嫁として暮らそうが、形だけと思い込んでいたのは健吾が女好きだと勝手に判断していたからだ。

——こんな男前で背も高くて金もあって、女なんかいくらでも寄ってくるだろうにお、男まで食うのかよ。

混乱する佳月に、落ち着き払って健吾は答えた。

「何度も言わせるな。嫁にしろと頼んだのはお前だ。惚れてもいない人間を養うんだ、どんな扱いをされようが文句を言われる筋合いはないぞ」

「別に文句なんて言ってねぇだろ」

佳月は焦っていたものの、いくら嫁の代わりとはいえ、本気で健吾が自分を性的欲求の対象にするとは思えなかった。

本来であればいずれは互いに組の長同士、対等の立場で杯を交わす間柄だったはずだ。

可能性をにおわせることで、佳月を脅しているだけだろう。

どこまで人をバカにすれば気が済むのかと憤慨したものの、ここで佳月が暴れて一矢報いたとしても、里海組が報復されると思うと反発すらできなかった。

――いいぜ、わかった。そっちがそこまで俺をコケにするなら、こっちにも考えがある。完全犯罪でこの気に食わねぇ男を殺してやろうじゃねえか。……よく婆ちゃんが言ってたから、俺は殺《や》り方を知ってるんだ。

佳月は唇をきゅっと噛み、挑むように健吾を見る。

――味噌《みそ》汁を濃くしてやる！　時間はかかるが、これなら絶対バレねえ！

心の中で里海家秘伝の暗殺計画を練っているとも知らず、健吾は珍獣でも見るように、改めてベビードールの佳月を不躾《ぶしつけ》にじろじろ眺めた。

「しかしお前、可愛いな。まさか似合うとは思わなかった」

「……てめえ」

可愛いと言われて、佳月は拳を震わせる。

「いくら女の格好っていっても、もうちょっと普通のパジャマがあるだろうが」

ひらひらの裾を持ち上げると、健吾は面白そうに言う。

「まあな。だがそのほうが笑えるだろう」

軽く返されて、佳月は力いっぱい殴りたい衝動を抑えることに全力を要した。

「人をバカにするのもいい加減にしろ！　あんた俺をなんだと思ってる」

ふん、と鼻で笑って健吾は冷ややかな目を佳月に向けた。

「お前こそ、俺をなんだと思っている」

「あ？　なにって」

「俺は生まれ落ちた瞬間から、この筋の人間だ。当たり前の常識も道徳も知ったことじゃない」

決して大きな声ではないし、怒っているようでもない。

だがその口調には一般人には持ちえない、ゾクリとするような冷酷な響きがあって、思わず佳月は息を飲む。

「俺の暇潰しの時間を多少は有意義なものにできるかどうか。それだけが問題だ」

佳月も極道一家の長男として生まれたが、中学生になるまでは、たまにしか帰宅しない父親の職業がなんなのか、よくわかっていなかった。

母に聞いても外国に単身赴任などと誤魔化され、初めて知ったときには衝撃を受けたものだ。

もともとヤンキーの気質があったものの、ぐれてしまったのはそのショックが大きかったからでもある。

しかし健吾はおそらく、幼い頃から組の中で、幹部や末端の組員と接触しながら育ってきたのではないか。

身のこなしには隙《すき》がなく、秘めた殺気が外側に漏《も》れないようにしているような、どこか常人とは違う空気をまとっている。

第一印象でなにかが危険だと感じ、健吾に姉が嫁いで欲しくないと強烈に思ってしまったのはおそらくそのせいだ。

眉を顰めて自分を見つめる佳月をどう思っているのかわからないが、健吾は自分のものと、もうひとつ出してあった空のグラスにワインを注いだ。

「……俺、酒は……そ、その、飲めないとか弱いってわけじゃなくて、二十歳《はたち》になったばっかで飲み慣れてねぇし」

なんとなく下戸《げこ》がバレると見下される気がして釈明すると、健吾は軽く肩を竦《すく》めた。

「里海の組長は、法令を順守する真面目な息子さんをお持ちというわけか」

皮肉を言って、ぐいと自分だけグラスを呷《あお》った。

——なんだよ、バカにしやがって。

ぐれ始めたときに酒を舐《な》めたことくらいあるが、まったく飲む気になれなかったのは、美味《おい》しいと感じなかったからだ。

むしろ佳月は甘いものに目がない。だから目の前の色鮮やかな赤ワインも、ゼリーだったらいいのになどとこっそり考えていた。

「それにしても、白くて細いな。なにか運動はしていなかったのか」

指先で腕をつつかれ、佳月は不覚にも驚いて、ビクッとしてしまった。

「ごっ、極道がスポーツやら部活動って変だろうが」

「俺はやっていたがな。無料で身体を鍛えられるんだから、こんないいことはない」

どこか存在感と迫力に圧倒されてしまっていた佳月は、その言葉に少しだけ安堵《あんど》した。

部活に勤《いそ》しむなど、それなりにまともなところもあるではないかと感じたからだ。

「へえ、あんたこそいい子ちゃんだったんじゃねえの。俺は放課後はゲーセンかバイク走らせるかだったからな」

得意げに言ったが、健吾は表情を変えなかった。

「あの年代は身体の基礎を作る大事な時期だというのに、随分と時間を無駄にしたもんだな」

「なんだとぉ。てめぇ、また人をバカに……」

くってかかろうとした佳月の腕を、なんなく健吾は無造作につかんだ。

「いっ……！」

ぎり、と強くつかまれただけで骨が軋《きし》みそうになる。

しかしまったく変わらない表情からしても、健吾は特に力を入れているわけではなさそうだった。

どちらかといえば細身に見えるが、その身体は相当に鍛え上げられているらしい。

「学生時代を無駄にしなかったというのは、つまりこういうことだ」

ぱ、と健吾は手を離し、佳月はつかまれていた手をさする。

手首には指のあとがついていて、自分のまとっているピンクのベビードールと相まって、哀れなほどか細く白く見えた。

「首も細い。腰も、足も、筋肉は申し訳程度にしかついていないようだな」

健吾は佳月のベビードール姿を酒の肴《さかな》にすることにしたらしく、あちこちつついてからかいながらワインを口にする。

佳月はそのたびに腹を立てたが、いどんだところで勝ち目がないことはよくわかった。

それもこれも弱肉強食の極道の世界で、力のない一家に生まれた宿命だ。

さらには組の立ち位置など考えたこともなく、世襲で自動的に組長になると思い込んで身体を鍛えることすらしなかった、佳月の驕《おご》りが招いた事態でもある。

唯一の救いは、大事な姉の沙月がこんな目に遭わなくて本当によかった、ということだけだ。

散々に佳月をからかった健吾は、やがてグラスをテーブルに置き、さて、と立ち上がった。

「ひとりで飲んでいるとつい量が過ぎる。そろそろ寝るとするか」

「お……おう」

やっと人で遊ぶのに飽きてくれたか、とホッとしかけた佳月だったが、ずかずかと歩き出した健吾の背を見るうちに、段々と不安になってくる。

「なあ。寝るって……その、どこで」

ああ？　と健吾は少し酔っているのか、剣呑《けんのん》な表情でこちらを見た。

「寝室に決まっているだろうが。里海組じゃ玄関に寝る習慣でもあるのか？」

「ち、違うけどそういうことじゃなく」

再びずんずんと歩き出した健吾の後を追い、隣室に入った佳月は、そこで足を止める。

「……なにをやってる。さっさと入ってドアを閉めろ」

そこはまさしく寝室だった。だが二十畳はありそうな寝室の中央に、ダブルサイズのベッドがひとつあるだけだ。

「ええと。あんたはここで寝る、と。それじゃ俺は、さっきのソファで」

くるりと踵《きびす》を返した佳月の腕が、ぐいと後ろから引っ張られた。

「さっさとこい。往生際の悪いやつだな」

「えっ？　っわあ！」

どーんと半ば投げ飛ばされるようにして、佳月はベッドに押し倒された。

――うっ、嘘！　嘘だろ！

手首を砕けるほどの力で握られ、大きな身体が覆いかぶさってきて、佳月は愕然《がくぜん》として動けなくなってしまう。

けれど次の瞬間、猛烈な恐怖が襲ってきた。

「離せ！　なにしやがるんだ、チクショウ、ふざけやがって！」

「おとなしくしろ。初夜なんだからやるのは当然だろうが」

初夜、という言葉に佳月は慌てふためいた。

健吾が男女にこだわりがないということは先刻聞いたが、だからといって人間ならなんでもいいというわけではないだろう。

ましてやこれだけの男前でやり手の上、うなるほど金がある。

より取り見取りの状況だろうから、自分が健吾の性欲の対象からはずれている可能性のほうが大きいと思っていたのだ。

「ま、待て待て、あんた……どうかしてる。そもそも俺で勃《た》つのかよ？」

まあな、と健吾は特に興奮しているわけでもなさそうな冷たい目で、じろじろと佳月を見下ろして検分した。

「生きがよくて楽しそうだ。とはいえあまり抵抗すると」

健吾は言いながら、佳月の両手首を簡単に片方の手だけでひとまとめにして握る。

「痛い思いをさせちまう。せいぜいおとなしくして可愛がられろ」

「……んだと、てめえ！」

佳月はここまで他人から辱められたことはかつてない。

確かに腕力は大したことはなかったが、その分機敏ですばしこく、喧嘩に負けたことはなかったのだが。

「っ、痛ぇっ！」

健吾は佳月の両足の間に、身体を割り込むようにしてきた。

右足が佳月の左ひざを押さえるようにしてきて、それだけで下半身は痛くて身動きがとれなくなってしまう。

「だからおとなしくしてろと言ってるだろうが。俺はひととおりの格闘技と体術を会得している」

一般人であれば目を合わせただけで震え上がりそうな、鋭い鷹《たか》のような目が至近距離で佳月を見つめる。

「どの関節をどうすれば動けないかなど、初歩の初歩だ。お前のような素人《しろうと》が抵抗しても疲れるだけだぞ」

ぎしっ、とベッドが軋み、さらに健吾が身体の上に乗り上げてきて、痛みと重たさで佳月は顔をしかめた。

「……っ、う……っ」

開いている片方の手が、佳月のベビードールの裾《すそ》から入ってきた。

脇腹を撫で上げられ、肌触りを楽しむかのような手つきに、佳月はうろたえる。

――こいつ、まじだ。まじで俺を犯す気だ……！

「真っ赤な顔をしてどうした。そんなに興奮してるのか」

からかう口調に、佳月はますます頭に血を上らせた。

「そんなわけあるか！　この変態！　なにが面白いんだ、俺の身体なんか……っあ！」

きゅ、と胸の突起をきつく摘《つま》まれて、痛みに佳月の顎が上がる。

「いっ……やっ、やめ」

「面白いというほどのことでもないが。……そうだな、しいて言えば本当の極道の世界も知らず、四代目だ跡継ぎだと粋がっているガキを仕置きするのはなかなか愉快だ」

「ああ！」

膝頭でぐいと足の間を刺激するように強く押されて、佳月は背を反らして悲鳴をあげた。

「ん、んんっ、く」

さらにきゅうきゅうと乳首を責められ、何度もぐりぐりと股間をこすられるうちに、佳月は必死に唇を噛んで声を抑える。

頭では冗談じゃねえと激怒しているのに、身体が反応しそうで怖かった。

「んう……っ」

健吾の手は胸から下腹部、足の付け根と好き勝手にさまよい、少しでも佳月が反応したところはしつこく弄《いじ》ってくる。

散々に触れられた胸の突起はじんと熱を持ち、ベビードールの柔らかな布がこすれるだけで、ざわざわと妙な感覚が走った。

——駄目だ、なんか……違うことでも考えてねぇと。

佳月の額には動けないまでも両手の拘束から逃れようと抵抗したせいもあり、すでにうっすら汗がにじんでいた。

慣れない愛撫《あいぶ》で呼吸は乱れ、女装したまま犯される恥ずかしさと恐怖でどうにかなってしまいそうだ。

本来であれば男の前で裸になることなど、恥ずかしくもなんともないはずなのだが、中途半端にはだけ、ピンク色の布をまとっているような佳月の格好は、裸でいるよりもよほど恥ずかしかった。

それは健吾も同じように感じていたらしい。

「……ふうん。女装の男を犯《や》るのは初めてだが、全裸より着ているほうがいやらしく見えるな。思っていたよりそそられる眺めだ。……男をその気にさせる素質があるんじゃないのか」

「なっ……！」

侮辱というにもとんでもないことを言われ、佳月は反論すらできない。

――そそるだと。いやらしいだと。こいつには俺が、そんなふうに見えるってのか？

同性に性的欲求の対象にされたことなど、もちろん生まれて初めてのことだ。

「てめぇ、ぶっ殺してやる！　離せっ、この変態！」

悔しいのと恥ずかしいのとで、組のためというのも忘れて佳月はもがいた。

「うるさい、喚《わめ》くな。いい子にしていれば、よくしてやると言ってるだろう」

それに、と健吾は薄く笑った。

「いやいや言いつつ、しっかり反応してるじゃないか」

「や、っあ！」

薄い絹の上から局部に触れられて、ビクッと佳月の腰が跳ねる。

相手が女だろうと、佳月は他人に自身を触れさせたことはない。

「は……っ、あ、んん」

自分で処理するのとはまったく違う感覚は強烈な刺激をもたらし、どう我慢しようとしても声が出てしまう。

「そら。もう収まりきらなくなって、頭をのぞかせている」

「さっ、触るな！　……んうっ」

徐々に固さを持ってしまった佳月のものの形をなぞるようにして、健吾は下から上へと指を滑らせた。

「あ……っ」

佳月はきつく眉を寄せ、目を閉じて横を向く。

「敏感だな。濡《ぬ》れてきた」

同じくらい快感に我を忘れている相手ならばまだいいが、健吾の声は相変わらず冷静で興奮などしておらず、こちらの反応を面白がっているようでしかない。

はあはあと肩で息をしながら、佳月の目に涙がにじんだ。

チクショウ、チクショウと頭の中で繰り返すばかりで罵《ののし》ることすらできず、身体はいいように健吾に蹂躙《じゅうりん》されてしまっている。

「や、いやだ、いやだぁっ！」

サイドのリボン結びをほどかれ、するりと下着を取り払われ、屹立《きつりつ》した自身が健吾の前に露《あら》わになった。

「こんなにしておいて、まだ反抗する気か」

呆れたように健吾は言い、片方の手でつかんでいた佳月の両手首をぐるぐると、まだぬくもりの残っている下着で縛ってしまった。

「解け、なにすんだ、痛ぇって！」

なんとか解こうと佳月は躍起になるが、すべっこいシルクは細いくせに丈夫で、いくらもがいても手首に食い込むばかりだ。

じたばたしている佳月の身体を、ひょい、と健吾は裏返す。

「少しくらい初夜を迎えた花嫁らしくしたらどうだ」

そういう健吾の口調は、やはり面白がっているとしか思えない。

――もしかしたら、こいつサドっ気あるんじゃねぇのか。……だとしたら。俺が本当におとなしくしたら、つまんねぇと思って萎《な》えるかもしれねぇ。

混乱する頭を巡らせ、佳月はそう考えた。

そこでシーツにうつ伏せたまま黙ってじっとしていると、やがて背後から健吾が離れる気配があり、ベッドから降りたのがわかる。

――こ、これは作戦が成功したんじゃねえか。俺ってば頭いいかも。

佳月がホッとしかけたそのとき、再びぎしりとベッドが軋む音を立てた。

「やっと観念したか。いい心がけだ」

「？　……ひっ！」

ぬる、と尻《しり》の間に液体が垂らされたのを感じて、佳月は悲鳴を上げる。

「なっ、なにしやがった！」

「なにって、潤滑剤だ」

「そ、それはどういう、なにを」

おぼろげに想像がつくため余計に焦り、あわあわとしていた佳月は、ぬっと体内に入ってきたものを感じて息を飲む。

「……う、うあっ……あ、ああっ！」

「こら、力を入れるな」

「や、あ……はっ、あ」

体内に異物が入ってくる感覚に、鳥肌が立つ。

たっぷりと潤滑剤が使われているせいで痛みこそないが、初めて後ろを犯されるのだと実感させられる恐怖に、佳月は震え始めてしまっていた。

「やめ……い、いやだ、俺、こんな……っあ！」

ぐい、と健吾の指先がカギ型に曲がり、内壁をえぐられると、なぜか咽喉《のど》が詰まったようになる。

「っう……う、んうっ」

「力を入れるなと言っているだろう。落ち着いて息を吐け」

「な、こと……っあ、あ」

ぬっ、ぬっ、と健吾は狭い内側を押し広げるようにして、指を使う。

そのわずかな動きさえも、佳月に強烈な刺激を与えてくる。

「あ、ああ」

腕は縛られて、火照《ほて》った頬にこめかみから汗が伝い流れた。

吐息は高熱が出ているときのように熱く、くちゅくちゅという背後を弄られるいやらしい音が、頭の中に反響するように聞こえる。

――頭がぼうっとしてきた。苦しい。腕が痛ぇ。……それなのに、なんでだよ。いきたくていきたくて、我慢できない。

「っああ！」

ぬうっと二本目の指が入ってきて、佳月は身悶える。

「い、いや、あっ！　も、いやだぁ」

震えて情けない声が自分でも忌々しいのに、どうにもならない。

「あ、ああっ、ん」

健吾は指の腹でなにかを探るように、しつこく内壁をこする。

佳月はもう嫌だとむせび泣きながら、自然と腰を上げてしまっていた。

「あ……あ、あ」

「そのまま何も考えずにいろ。くれぐれも力を入れるなよ」

「っうう……っ」

ゆっくりと指を抜き取られる感覚に、佳月は低く呻《うめ》く。

そして健吾の言っている意味がよくわからないまま、次の瞬間。

「っあ……あ、あああ！」

ひいっ、と我知らず咽喉が鳴った。

無意識に前方にずり上がった腰をしっかりとつかまれ、指の何倍も太く固く熱いものが、体内に埋め込まれていく。

「た、助け……あっ、あっ、うあ」

「力むなと言ってるだろうが。裂けちまってもいいのか」

そう言われても強烈な圧迫感と身体を貫かれる恐ろしさに、どうしても佳月の身体は強《こわ》張《ば》ってしまう。

「で、できな……やめ、っく、苦しい」

あと少しでも力を入れたら本当に裂けてしまいそうで、佳月は必死に力を抜こうとした。だが人間というのは力を入れる場合こそ一生懸命になれるもので、努力して力を抜くのは逆に難しい。

怖いのと辛いのとで、身体がぶるぶる震えているのが自分でもわかった。

「ふ……う、あうっ」

みっともない。情けない。辛い。怖い。恥ずかしい。

身体と気持ちの両方がくじけてしまいそうで、佳月の目から涙が転がり落ちる。

「っ、あ……っ」

と、健吾があやすように背後から手を回し、佳月のものに指を絡めてきた。

いった。

辛さに萎えかけた佳月のものが固さを取り戻していくのとは反対に、身体は弛緩《しかん》していった。

「は、ああ、あ」

健吾の愛撫は優しく、強弱をつけて巧みに的確に、佳月のものを追い上げていく。

「……っ、やあ、あ」

「やればできるじゃないか」

「っああ!」

ぐう、っと深く健吾のものを挿入されて、佳月は悲鳴をあげた。

「っや、ああっ!　っあ!」

ゆっくりと体内のものを抜き差しされ、その動きに合わせて自身がこすられる。

——やめてくれ。もういやだ。身体も頭もおかしくなる。

そう思うのに苦しい息をつきながら喘《あえ》ぐばかりで、拒絶の言葉すらろくに言えない。

「びびっていたわりには、充分感じているじゃないか」

背後から聞こえる健吾の声は、相変わらず楽しげで余裕がある。

「な、こと……ねえっ」

声を振り絞って否定する佳月だったが、健吾は意地悪く指の動きを早くする。

「やっ、やめっ、もう」

「もう、なんだ。いきそうなのか」

健吾の言うとおりだった。

身体を貫かれる異様な感覚に、段々と甘い快感が混じり始めてしまっている。

性器に触れられているので、身体が興奮していることは隠しようがなかったが、健吾の手の中で達してしまうことだけは避けたかった。

——いやだ。絶対いやだ。こ、こんなやつに……いかされるなんて。

そんなことになってしまえば、また素質があるだのいやらしいだの、散々に辱《はずかし》められるに決まっている。

「あああ!」

だが、嫌で嫌でたまらないのに、佳月の身体は素直に健吾の動きに反応してしまっていた。

体内のものが強く内壁を抉《えぐ》れば、声もその分大きくなる。

前を撫で上げる指の触れ方が優しくなれば、もどかしさに腰が揺れた。

「も、もう……離せ……っ、は、離して、っあ」

懇願するとわざとのように、健吾は佳月のものの先端を、指先で強く刺激した。

「っうう！」

ぬるついた液体が零《こぼ》れ出す部分をきゅっと爪《つめ》でこすられた瞬間、佳月の腰が激しく痙攣《けいれん》する。

「ああ、あ！」

限界に達したものが今にも弾《はじ》けるその間際、ふいに健吾の動きが早くなった。

「――――っ！」

根元まで健吾のものを埋め込まれ、ぎりぎりまで引き抜かる繰り返しの合間に、佳月のものは熱を吐き出す。

生まれて初めての声も出せないほどの痺れるような快楽に、佳月の目の前は白く光り、次《つ》いで暗くなっていったのだった。


うーん、うーん、という呻き声で佳月は目を覚ました。

ぼんやりと視界が開け、佳月はその声が自分のものだと気が付く。

「……ん……冷てぇ……」

咽喉と頭と関節が痛い。腰が重く、全身だるくて動けない。

額になにか乗っていて妙に顔が濡れているのがわかり、手で払うようにする。と、そこには濡れタオルがあった。

「なんだこれ」

まだ事態が把握できない佳月はぐったりしたまま、見慣れない天井をぼんやり眺めた。

――誰が……そうか、あいつ。郷島健吾。……あの野郎と昨晩……。

思い出した佳月は、絶望感に打ちひしがれる。

あれだけ屈辱的なことを自分にした相手だ。いつもであれば短気な佳月は、絶望どころか激怒して反撃することしか頭になくなり、そのせいで逆に元気になるだろう。

だが体調があまりに悪いせいか、今朝は怒る気力すらなくしていた。

――あんなひらひらした格好させられて。ひいひい言わされた挙句、ケツに突っ込まれたままいかされた……さすがに……どうやったって立場はひっくり返せねえ。これから俺の一生は、あいつに見下されてコケにされて、暇つぶしのおもちゃにされて終わるんだ。

いっそ眠ったまま、目を覚まさなければよかったなどと思っていると、寝室のドアが開いた。

「……目が覚めたのか。具合はどうだ」

健吾は今の佳月にとってこの世で一番、顔を合わせたくない相手だ。

プライドを傷つけられた怒りもあるが、なによりも恥ずかしさが大きい。

佳月はひどく不機嫌な顔になり、腫《は》れぼったい目で健吾を見る。

「俺の具合なんて聞いて、どうするんだよ」

「いや。熱っぽいようだからな。……どこか痛むところはあるか」

痛いと言ったところで、原因はわかりきっている。

医者にかかって男に犯されて辛いので治療してください、と言うくらいなら、我慢して寝ていたほうがずっとましだ。

それに咽喉がひりひりして、話すのも辛い。

答えるのも面倒くさくなり、もう一度眠ってしまえと佳月が目を閉じると、顔の前でなにかが動く気配を感じた。

またなにかされるのかとビクッと目を見開いてしまった佳月だが、手のひらが額に触れただけだった。

「なっ、なにすんだよっ」

「熱がどの程度かみただけだ。いちいち噛みつくな」

口ではいきがってみても、身体は健吾を怖がっている。

健吾が近づいたり手が伸びてきたりするたびに、無意識に毛布の中で身を竦ませていた。それを悟られたくなくて、余計にぶりぶりと怒った口調で佳月は文句を言ったが、健吾は意に介さない。

「朝飯はどうする。食えそうか」

聞かれて佳月は首をかしげる。食べられないほど胃腸の調子は悪くなかったが、空腹というほどでもない。

どうしようかと考えていた佳月の脳裏にふと、風邪を引いたりしてこんなふうに身体の具合が悪いとき、母親が作ってくれた玉子粥《がゆ》の姿が浮かぶ。そしてハッとした。

——あんなことぐらいでへこんでたまるか。俺は……母さんや姉ちゃんたちを守ってやらなきゃならねぇんだ！　腹が減ってちゃ戦はできねぇ！

「食える。けどちょっと待ってくれ」

手を突っ張って身体を起こそうとするが、情けないことに腰に力が入らない。

健吾はちらりと腕時計を見て、抑揚のない声で言う。

「俺はそろそろ出るが、助けはいるか」

「ああ?」

咄嗟《とっさ》に意味がわからない佳月に、面倒くさげに健吾は溜め息をついた。

「今なら手助けしてバスルームなりキッチンなりへ連れて行ってやる。だが意地を張って俺の手を借りたくないなら時間の無駄だから、俺は仕事に行く。もう一度だけ聞く。助けはいるか」

ふん！　と佳月は鼻息荒くそっぽを向く。

「いらねぇよ！　あっ、あんな程度のことで病人じゃあるまいし。それにセックスくらいなんだってんだ。どっ、どどっ、童貞じゃあるまいし俺だって二十歳だからそれなりに経験が」

実際には童貞なのだが虚勢を張ってそう言うと、健吾は鬱陶《うっとう》しそうに眉間《みけん》に皺《しわ》を寄せた。

「ああそうか、よくわかった」

そう言って遮りこちらに背を向ける。

「じゃあ俺は行く。バスルームの場所はわかるな。鎮痛剤はテーブルの上。飯は冷凍庫のものを適当に食え。お前のものはキッチンの横のゲストルームに備えてある。それと留守中、書斎には入るな」

淡々とそう告げて退室すると、しばらくして玄関ドアの閉まる音がした。

「……行ったのか？」

佳月は耳を澄ませてじっとしていたが、どこからもなんの音も聞こえてこない。

ホッとして身体を伸ばしたり力を入れたりしていると、段々と動くようになってくる。

「いてっ。……あのエロ眼鏡、やりたい放題しやがって」

なんとか両足を床に下ろした佳月は、相変わらず着たままのベビードールにうんざりしたが、足の間の汚れなどがないことに気が付いてそれどころではなくなった。

「余計なことを！　そりゃ汚れたままはいやだけど……くそっ、赤ん坊じゃねぇんだぞ」

おまけに下着はつけていない。佳月は恥ずかしさでどうにかなってしまいそうだった。

いかに綺麗にされているとはいえ、拭かれただけでは完全ではない。

佳月はどうしてもシャワーが浴びたくて痛みをこらえ、ふらふらしながら立ち上がる。

そこから先は、まるで探検だった。

健吾の自宅は３ＬＤＫで、リビングと寝室、書斎、ゲストルーム、キッチンからなっている。

助けはいらないと意地を張ってみたものの、ひとつひとつの部屋も廊下も広いので、バスルームにたどり着くまでに三十分もかかってしまった。

なんとかシャワーを浴びた佳月はバスタオルを腰に巻き、まだ熱っぽい頭を抱えたおぼつかない足取りで服を探しにかかる。

「ゲストルームってのは、ここだよな……」

ここに佳月のものが備えてあると健吾は言っていたが、自宅から送った段ボールはやはり見当たらない。

仕方なく他の物を着ようとウォークインクローゼットのドアを開いた佳月は、その光景に青ざめた。

「こっ、これってまさか……」

そこには色とりどりの、様々な衣類がぎっしりと収納されていた。これだけあれば、一年中着るものには困らないだろう。

ただしそれらはすべてが、やたらとひらひらした女物だったのだ。

「こっちも。くそっ、こっちも全部スカートだ」

引き出しを開けてみるが、いずれも可愛らしいレディースで、中性的なデザインすらなかった。

「なんだってどれもこれも乙女チックなんだよ！　フリルとかレースとかそんなんばっかりじゃねえか！」

ガタガタと探し回るが、下着も昨晩と似たり寄ったりの小さなパンティしかない。挙句の果てには。

「げっ。な、なんだこれ。……どうすんだ、俺がするのかよ?」

Aカップのブラジャーとパットを見つけたときには、ショックから眩暈《めまい》と貧血を起こしそうだった。

茫然《ぼうぜん》とした佳月の唇から、くしょん、と小さなくしゃみが出る。

「うう……裸でいるわけにはいかねぇし……」

がっくりとうなだれた佳月は、大きな溜め息をついた。

そして次に大きく息を吸いこむ。

「ああもう！　いつまでうじうじしてんだ俺は！　嫁になるって腹を決めたんじゃねぇか！」

自分に喝《かつ》を入れると、手近にあったワンピースを頭からかぶった。

苦労しながらワンピースの脇のジッパーを上げると、サイズはぴったりだった。

穿くのも恥ずかしいが、ノーパンはもっと恥ずかしい。

仕方がないのでレースのついた白い下着に足を通した。

「ここまできたら、俺も男だ！　しっかり新妻を務めきってやろうじゃねぇか」

勇ましくクローゼットを出たものの、やはりまだ足はふらついているし腰は重い。

よたよたしながらキッチンに向かい、大きな銀色の冷蔵庫を開けてみた。

「……なんだこれ」

それは佳月のよく知る家庭の冷蔵庫の中身とは、まったく趣が違っている。

冷蔵部分にはぎっしりと酒類と水のペットボトルと缶。あとはつまみらしき各種のチーズや、真空パックの生ハム、スモークサーモンくらいしかない。

冷凍部分にはこれもぎっしりと隙間がないほど、冷凍食品が詰まっていた。

中のひとつを手に取ってみたが見たことも聞いたこともないメーカーで、説明を読むと高級ホテルで製造販売しているものらしい。

「こんなもんばっかり食ってるのかよ」

いかにも健吾らしいと思いつつ、レンジで温めたラザニアは、佳月の挙式後最初の食事となった。

珈琲《コーヒー》は見当たらないので紅茶を飲んだが、なんだかメンソール系の湿布薬のような匂いがする。

不味《まず》くはないのだが口にしなれないものばかりで、佳月は先行きに不安を感じた。

「やっぱ朝は味噌汁だろ。昼は焼きそばが食いたいけど無理だろうな」

実際、焼きそばどころかどんなにキッチンの収納庫を探してみても、米も小麦粉も見当たらなかった。

鎮痛剤を飲んで食器を片付けていると元気が出てきて、またも佳月は探検に戻る。

なにしろ時間だけはたっぷりあった。

部屋はどこも綺麗に片付いていて、サイドボードの引き出しにも飾り棚にも、無駄なものが一切ない。

生活臭がなさすぎて、本当にここで健吾が暮らしているのか疑問に思ってしまうほどだ。

開けるなと言われた書斎のドアノブを試しにひねってみると、しっかり鍵がかけてある。

「なんだよ、パソコンに保存したエロ画像でも見つけて、からかってやろうと思ったのに」

ちっ、と舌打ちして、佳月はリビングの大きな窓辺に立った。

天気がいいこともあって眺望は素晴らしく、都心のビル群が見渡せる。

同じ空の下にいる家族の姿が、ふと脳裏をよぎった。

——姉ちゃん、今頃は北海道で楽しく仕事してるかな。亜月は今頃学校か。母さんも父さんもひとまず安心しただろう。

そう思うと元気が出てきて、佳月はひとり微笑んだ。

「よし、嫁らしく掃除洗濯でもするか！」

佳月は言って、まだよろけながら家事に取り掛かったのだった。

「おい。どういうことだ、この有様は」

健吾が帰宅したのは意外にも早く、二十時を回った頃だった。

「ああん？　なんか文句あんのかよ」

佳月はワンピースにエプロンという出で立ちで、健吾の前に仁王立ちになる。

リビングの様相は、確かに朝と今とでは一変していた。

昨晩着ていたベビードールや使ったタオルを洗濯しようとしたものの、洗濯機や乾燥機どころか洗剤すらこの家にはなかったため、佳月はボディソープで手洗いをして紐でリビングに吊《つ》るしたのだ。

健吾は忌《い》まわしいもののように、その洗濯物を見る。

「このみっともない物体をすぐに片付けろ。俺は整頓《せいとん》されていない部屋が嫌いなんだ」

「別に散らかってるわけじゃないだろ。ベランダにもの干しがないんだから仕方ねぇじゃねぇか」

「一日おきにクリーニング店が回収にくる。洗濯の必要はない」

「パンツまでいちいち出すのかよ？」

「そうだ。お前の仕事はせいぜい、洗い物をまとめてプロに渡すだけだ」

言いながら健吾は脱いだ上着をこちらへ差し出す。

「起きていたようだが、もう体調はいいのか。飯は」

「あ、ああ。一応、昼過ぎに食ったけど」

「ならいい。じゃあとっととこれを片付けて、軽くつまむものとビールを出しておけ。夕飯は食ってきたからいらん」

「なっ……食ってきたのかよ！」

「なにか問題があるか」

こちらの返事を待たずにさっと健吾は踵を返し、バスルームへと向かってしまった。

佳月は洗濯ものを吊るした紐をはずし、寝室のクローゼットに上着を仕舞いながら、むうと頬を膨らませる。

「なんだよ、食わないなら連絡くれればいいじゃねえか」

というのは夕飯を用意していたからだ。

「……まあ、つまみにすればいいか」

というわけでシャワーを終えてリビングに戻った健吾を迎えたのは、シックなデザインのローテーブルに乗せられた、四品目の惣菜《そうざい》とビールだった。

「——なんだ、これは」

「なんだって、インゲンの胡麻和《ごまあ》えと冷奴とキンピラ、それに卵焼きな」

「どこから調達した」

眉間の皺を深くしながら、健吾はどすっとソファに腰を下ろした。

それから検分するように、皿を持って注意深く、卵焼きをじろじろ見る。

「どこって、まあこの格好で外をうろちょろすんのも気が引けたから、ここの一階の裏側にあるスーパー」

「お前にしては賢明な判断だし、自分の金でなにを買おうが自由だが、冷凍庫に飯はあっただろうが。それにスーパーの惣菜など俺は食わないぞ」

「そんなこと言ったたって調味料どころか、サラダ油もなかったじゃねぇか。調理器具だってフライパンが一個だけだし。オリーブオイルでキンピラ作ったのなんて初めてだ」

佳月の言葉に、ぴくりと健吾が反応した。

「でき合いの惣菜じゃないのか？」

「ああ？　里海の四代目を舐めてんじゃねぇぞ。俺が作ったに決まってんだろ」

ほら食え、と箸《はし》を渡したが、健吾はしかめっ面をして顔を背ける。

「いらん。俺は味にはうるさいんだ」

「あのなあ！　俺だってこんな格好して嫁っぽくしてんだから、あんたも協力しろよ！　だいたい悪趣味なんだよ、ふりふりの服ばっかり用意しやがって」

「女子供の服のことなど知るか。選びたいと希望する部下がいたから任せた結果だ」

「……どんなチンピラだよ」

鼻に皺を寄せたものの、健吾に文句を言っても仕方ないと佳月はあきらめる。

「それはそれとして、あんたってもしかして冷凍食品ばっかり食ってたのか？　身体に悪いだろうが」

「余計なお世話だ。冷凍でもオーガニックの高級食材だし、外食もしている」

「それこそ一服盛られたらどうすんだよ。もし先々周りが敵だらけの状況になったとき、一番安心な家飯が食えないんじゃ、組を背負っていけねぇぞ」

無駄と思いつつ言ったのだが、面倒くさくなったのか、健吾は佳月から箸を受け取った。

そして渋々とではあるが、慎重にインゲンを口に運ぶ。

どうだ、と佳月が反応を見守っていると、眼鏡の奥の瞳が、意外そうに見開かれた。

「……驚いたな。悪くない」

「だろ！」

佳月はしてやったりと、健吾の隣に腰を下ろした。

「なにしろ高校生の時から屋台の味付けを任されてたんだ。イカ焼きでも焼きそばでも、俺が作ると行列ができるんだぜ。なあ、たこ焼き器買ってくれよ。作ってやるから」

「新妻のおねだりとしては、あまり可愛げがないな」

「あとホットプレート。俺のお好み焼き食ってみろ、クソ高ぇ懐石なんてばかばかしくて食えなくなるぞ」

「まあ……腕がいいのは本当らしい。認めてやる」

健吾はそれぞれの惣菜を吟味《ぎんみ》してから、偉そうにうなずいた。

「買うなら最初にまず炊飯器だ。粉ものばかり食うよりは、白い飯と惣菜のほうがましだからな」

——素直に俺の作った飯とオカズが食いたいって言えよ、まったく。

むくれたが、ついでにと佳月は付け足す。

「味噌汁鍋と急須も買ってくれ。紅茶も嫌いじゃねぇけど白米には緑茶だろ。……それになんか今ある紅茶って湿布臭くねぇか」

ふん、と健吾は鼻で笑った。

「サリチル酸メチルのような香りだろう。ウバだからな」

ああん？　と佳月は唇を捻《ね》じ曲げた。無駄に小難しいこの男の物言いは、やはり鼻につく。

「なにをタコみたいな顔をしている。……ビール」

グラスを差し出す健吾に、さらにむっとしながらも、佳月は言われたとおり酌をした。

「かりにも嫁をタコ呼ばわりすんなよ、失礼なやつだな。極道のくせにすました顔しやがって」

「よし、お前のおねだりどおり、タコ焼き器を買ってやろう。タコ嫁のタコ焼きが食えるとは楽しみだ」

「タコ嫁言うな！」

けれどなんだかんだと言いつつ、この夜健吾は佳月の作った惣菜を、すべて綺麗に完食した。

佳月としてはこれでどうにか一矢報いた気がして、少しだけ溜飲《りゅういん》が下がったのだった。


なにもかも慣れないものの、少しずつ必要なものを買い足したり、ここでの生活のペースをつかみかけた新婚生活一週間目。

佳月は健吾から意外なことを知らされた。

新婚旅行をするというのだ。

本来は挙式直後に計画されていたが、健吾の仕事の都合で遅れたらしい。

――白無垢の結婚式、ドレスのパーティに初夜に女装の新婚生活、今度はハネムーンかよ。

次から次に襲い来る試練にげんなりしたものの、佳月に選択の余地はない。

宿泊先の別荘は、湖畔《こはん》にある落ち着いた雰囲気の洋館だった。

移動に使用されたのは高級外車で乗り心地はとてもよかったし、送迎の吉野の運転も丁寧だったが、佳月は移動中、鬼のように不機嫌だった。

というのも用意されたパンプスがとても歩きにくく、座っていてさえ足を締め付けるように感じていたからだ。

夕飯は途中、レストランに寄って済ませたのだが、店内を歩く最中もずっと顔をしかめてしまった。

きついし痛いしで、駐車場から別荘までのわずかな距離を歩くことさえ拷問ではないかと思ってしまう。

到着してスリッパに履き替えたときには、ホッとすると同時にこんなものを履きこなす女性に対して、尊敬の念を抱いたくらいだ。

郷島組が所有するこの別荘は、洋館といってもおどろおどろしい古臭さはなく、といって昨今のペンションのような可愛らしさはない。

内装や調度は重厚だがシンプルなイギリスのアンティーク風で、全体的に男性らしい好みでしつらえられていた。

健吾はまだ仕事があるらしく、着いた早々書斎に入ってどこかへ電話をかけているふうだ。

佳月は広いリビングを、ぐるぐると首を回して観察する。

――見れば見るほどでかくてすげぇ屋敷だな……待てよ。俺が……不本意だけど、一応こいつの嫁だとしたら。ここは俺のものでもあるってことか。

またもや可愛らしすぎる、ふわふわしたワンピースに身を包んだ佳月は、一瞬だけそんなことを考えた。

それからキッチンを探し、収納庫をのぞいてお茶の用意をする。

どうやら湿布薬の匂いがする紅茶は健吾の好物らしく、ここに用意されているのも同じ銘柄だった。

おそらく健吾ひとりが利用する別荘ではないせいか、調理器具はここのほうが自宅よりずっと揃《そろ》っている。

事前に部下たちが手配したようで、食材も豊富に冷蔵庫に入っていた。

木製の丸椅子があったので、湯が沸くまで佳月はそこに腰を下ろし、木枠の窓の外に視線を移す。

そこには月明かりの下、常緑樹の枝が風に揺れ、大きな星が瞬く、マンションとはまったく違う景色があった。

空気はひんやりと湿って、しゅうしゅうと湯気を吹くやかんの音が、古いレンガの壁やどっしりした食器棚に吸い込まれていくようだ。

――同じ馴染《なじ》みのない場所でも、マンションよりこっちのほうが落ち着くな。

華奢なティーカップとポットをトレイに乗せ、佳月はリビングへと戻った。

「しかしなんだって西洋のものは、こう細くてもろそうなんだ。急須と湯呑《ゆのみ》だったら、もっと雑な扱いでも割れる心配なんかねぇのに」

カタカタと揺れるトレイを持って、佳月はゆっくり廊下をすすむ。

両手が塞がっているため、足でドアを押したが開かず、蹴《け》ろうとしたとき内側からふいに開いた。

「――一言声をかければドアくらい開けてやる。年代ものの建具をガサツに扱うな」

仕事を終えていたらしく、健吾は言ってソファに座った。

「俺におしとやかにしろってんなら、さすがにそれは無理な話だぞ」

持ってきただけありがたく思え、と佳月はお茶のセットをローテーブルの大理石の天板に置く。

そして仏頂面でこぽこぽとお茶を淹《い》れながら、何気なく健吾のほうを見た佳月だったが、そこで思わず手を止める。

ゆったりと、重々しい調度と湖畔の見える窓を背景にして座っている健吾は、あまりにも絵になっていた。

——すましたツラしやがって。……よくあれだけエロいことして、平然とできるもんだ。まあただの悪趣味な遊びなんだから、こっちも淡々と夫婦ごっこに付き合ってやりゃあいいんだけどな。

そんな佳月の内心を知るはずもない健吾は、都会の喧騒から離れた別荘にいるせいか、とてもくつろいだ様子に見えた。

肩幅は広く胸板が厚いから、高級なタイトスーツが憎らしいくらいによく似合っている。長い足をさりげなく組んで眼鏡をかけ直す仕草は板につき、知的なインテリ然とした風情は、まるで権威ある科学者のような風格を醸し出していた。

——ク、クソゥ。負けねぇぞ。

佳月も里海組の元跡継ぎとして、精一杯背筋を伸ばして胸を張る。が、ふんわりとひだを取ったスカートからは丸い膝小僧が見え、リボンが胸元で揺れているのでは威厳もへったくれもあったものではなかった。

「なあ。ここで一週間もなにするんだよ」

不貞腐れて、リボンをいじりながら佳月は言う。

「海も温泉もねぇんじゃ、暇を持てあましちまう」

「仮に海や温泉があったとして、お前はどうする。ビキニでも着るのか。女湯に入れるのか」

「うっ……そ、それは」

口ごもると健吾は長い指先で、華奢なティーカップを優雅につまんだ。

「まあ、海外でまったく周囲の目を気にしなければ可能かもしれないがな。近場でないと、なにかことが起きた場合、俺がすぐ戻って指揮がとれないとまずい」

「それにしたって、せめてゲーセンのあるホテルとか。繁華街が近ければ、一週間遊んでいられたのに」

健吾はいい。車中でも頻繁に系列会社と連絡をとり、パソコンでもなにやら取引をしている様子だ。

けれど佳月はあまり携帯のゲームなどもやらないし、見回したところここにはテレビもない。

「一週間、なんにもやらずにボーッとしてたら、ケツに根っこが生えちまう」

やれやれというように、健吾はカップをテーブルに置いた。

「それは大変だな。だったら暇つぶしに付き合ってやる」

は？　と首を傾げると、健吾はすっくと立ち上がり、佳月の身体を軽々と横抱きにした。

「っわ！　なっ、なにするんだよ！」

「だから、暇つぶしだ。そもそも新婚旅行ですることなんざ、ひとつだろうが」

お姫様抱っこをされた佳月は、健吾が向かう先がどこなのか、すぐに思い至った。

「待て！　ちょっ、タイム！」

ジタバタしても健吾の腕はびくともしない。

健吾は細身ではあったが、それは無駄な肉がついていないだけで、筋肉は鍛え上げられボクサーのような身体をしている。

ただ細いだけの佳月では、いくら暴れてもどうにもならなかった。

健吾は寝室のドアを開き、どさりと佳月の身体をベッドに下ろす。

「待ってば、ま、まだ寝る時間じゃねぇし」

慌てる佳月の言葉など耳に入らないかのように、健吾は覆いかぶさってくる。

「お前はもう少し食って、肉を着けろ。壊しちまいそうで気を遣う」

「散々好き放題やってるじゃねえか！　どこが気を遣って……っ」

この一週間、すでに何度か抱かれた身体にとって男とのセックスは、慣れるどころかさらに怖いものになっていた。

佳月としては非常に悔しいことに、健吾はセックスに慣れていて、早い話が上手い。

だから痛いことに抵抗しているわけではなく、むしろその逆だった。

「ん、う……」

胸元のリボンを解きながら、健吾は深くくちづけてくる。

舌と唇がこすれて濡れた音を立て、脱がされた服の間から手のひらが滑り込んでくると、佳月の身体は素直にひくりと反応してしまう。

「はん、んぅ、ん」

きゅう、と胸の突起を押しつぶすようにされて、佳月はきつく目を閉じた。

――なんでこんなことされて、気持ちいいんだ。

必死に顔を背けると、健吾の唇は首筋から鎖骨に滑っていく。

「あ、はあっ」

鼻から抜けるような甘い声に、佳月の頬は熱くなる。

フリルのブラウスの前がはだけられ、スカートをまくり上げられると、自分自身の倒錯的な様子に恥ずかしさでどうにかなってしまいそうだ。

「や、やだ。そんな、とこ……っ」

健吾の指は巧みに動く。胸の突起を強くつままれ、こねられるうちに、そこはじんじんと熱を持って赤くなっていく。

「っん、……ああ！」

散々に刺激された部分に、健吾は唇を押し当ててきた。

「いっ！　や……あ」

火傷《やけど》するような熱さを感じて、佳月は身体をよじる。

「あ、あっ、やめ」

逞《たくま》しい両腕が、しっかりと佳月を抱き締めて拘束した。

そうして健吾は乱暴に、胸や鎖骨に歯を立て、きつく吸い、噛みつくようにくちづけてくる。

「っあ、ん……っ、あ、はあっ」

身体のあちこちに甘い痛みを感じて、佳月は眉を寄せ、苦しいが甘い吐息息を漏らした。

「やぁっ……やだって、この、エロ眼鏡！」

なんとか健吾の身体を引き離そうとしてみたが、広い肩に手を突っ張ってもどうにもならない。

と、健吾の右手が佳月の顎をとらえ、もう一度唇を重ねてきた。

「一応はハネムーンなんだ。少しは嫁らしく、おとなしく抱かれろ」

「んうっ、ん……」

濡れた舌が唇を割って入ってくると、佳月の舌に絡みついてくる。

「っん、ん……んうう！」

濃厚なくちづけを交わしながら健吾の手が佳月の下腹部に伸びてきて、下着の中に入ってきた。

「ん、んーっ、んんーっ」

直接局部をこすり上げられて、佳月は身悶《みもだ》える。

健吾の指は的確に佳月の弱いところを責めたて、性急に佳月を追い詰めていった。

健吾に少しずつ開発され始めている佳月の身体は、これだけですでに達してしまいそうなほど昂《たか》ぶってしまっている。

「んん……は、あっ」

ようやく健吾が唇を離す、と、同時に健吾は佳月の膝の後ろに手を当てて持ち上げた。

「……あ……っ！」

スカートを脱がされ、下着を引きちぎるように取り払われて、佳月の身体はすくみ上がった。

ブラウスが肩にひっかかっているだけというあられもない姿を晒《さら》し、みっともないと思いつつも身体の震えを止めることができない。

「悪かった。俺が悪かった、から。だから」

怖いのは乱暴にされることでも、痛みを与えられることでもなかった。

健吾の動きひとつで、自分がどうにかなってしまうほど感じることを、佳月の身体が覚えてしまっていたからだ。

健吾もそれはわかっているらしく、長い手を伸ばしてヘッドボードの引き出しから、チューブを取り出す。

「だ、だって、ここで具合が悪くなっても、医者とかいないし」

緊張と興奮に上ずった声で頼んだが、健吾は躊躇なく佳月の下腹部にジェルを垂らした。

「心配するな。優しくしてやる」

「っあ！」

冷たさにびくりとする間もなく、健吾の手のひらがジェルを塗り付けるように、佳月の足の間を滑る。

「っう、気持ち、わる……っ」

「いい、の間違いだろうが。あっちもこっちもカチカチにしやがって」

「やめ、も、見るなっ……！」

佳月は小さく叫んで、両腕で顔を覆った。

乳首も佳月のものも、どちらも固くしこっているのが佳月自身にもわかる。

「も、もう、いやだ、いや……あっ！」

ぬる、と健吾はたっぷりとジェルをまとった中指を、佳月の中に挿入してきた。

「はう、う……っ！　や、やあ」

これからなにをされるのか知っている身体はひどく怯《おび》えているのだが、それでも刺激を受ければ正直に応えてしまう。

そそり立った佳月のものにも、健吾は愛撫を加えてきた。

「あっ、あ……っ、ああ！」

ぬるりと健吾の指の腹が内壁の一部をこすり、佳月が知らなかった感覚が呼び覚まされる。

「ひ、あああっあ！」

頭の中が白く光り、突然びくびくと身体が痙攣した。

すごいな、と感心したような健吾の声に我に返ると、下腹部が自分の出したもので濡れていることに気が付く。

「指が千切れそうだ。そんなによかったか」

佳月は達しながら、健吾の指を締め付けてしまっていたらしい。

「まだ十回も抱いてないのに、尻の中をいじられていっちまうとはな。それともお前、前にも男と経験があったのか」

意地の悪いことを言われても、今の佳月は反論さえできない。

「ち、違……俺は、そんな、っあ」

「これが気持ちいいのか」

ぐい、とカギ型に曲げた指で刺激され、ひう、と佳月は喉を鳴らした。

自分でも身体がどうなってしまったのかよくわからない。

だが達してしまったのが健吾の指のせいだとしたら、本当に自分は尻で感じてしまったのだろうか。それは異常なことではないのか。

「あっ、あ！　も、やぁ、っあ」

達したばかりで余計に敏感になっている身体から指を抜くと、改めて健吾は腰を引き寄せる。

次になにをされるかわかっていても、佳月はいやいやと首を振ることしかできない。

「っあああ！」

健吾自身が押し入ってきた衝撃に漏れた声は、痛みではなく強烈な快感によるものだった。

「いやああ！　ああっ」

ぐうっと太く固いものを深く埋め込まれながら、自分でも耳をふさぎたくなるような甘い声が出てしまう。

「ああ、んっ！　はあ、あん」

「随分といい声で鳴くな。……正直に言え、気持ちいいんだろう」

全然！　と首を振るものの、隠しきれるはずがない。

すぐに硬度を取り戻しかけた佳月のものが下腹で揺れ、いやらしく糸を引いて滴《しずく》を垂らしていた。

「は、ああっ！　いや……あ」

再び半勃ちしてしまっているものが、健吾の腹部に触れるのが恥ずかしい。

「おっと。これだとまたすぐにいきそうだな」

健吾は動きを止め、佳月のブラウスの胸元についていた、細いリボンを手にした。

「え……？　いっ……や、あ」

きゅ、と勃ちかけた佳月のものの根元を、そのリボンで縛られてしまう。

「嘘、やっ、やめ……あああ！」

健吾は再び大きく腰を使い始め、突き入れられ、引き抜かれる刺激に、佳月の背が反りかえる。

「っああ！　ひああっ！」

快感を与えられるたびに佳月のものは熱と硬度を持つが、達することは許されない。

そのもどかしい苦しさに、佳月の目から涙が零れる。

「ほ、解け……っ！　も、取って、早く……！」

身体の中の健吾のものがひどく熱くて、そこから溶けていってしまいそうだ。

——い、いきたい。このままだと、気持ちよすぎて、おかしくなる。

いつもの負けず嫌いも、プライドも意地も今の佳月にはあったものではなかった。

「ご、ごめ、なさ……、い、も、もう、許して……！」

はあはあと荒い息の合間になんとかそれだけ言うと、健吾は仕方ないな、と少しだけ優しい声で言う。

「だったらもう少し、可愛い嫁になれるか」

わかった、と言ったつもりだったが、もう声にはならなかった。

泣きじゃくる佳月のものからリボンが解かれ、健吾の動きに合わせて塞《せ》き止められていたものが弾ける。

すべて吐き出し終えたそのとき、佳月は身体の中にも熱いものが注がれたのを感じていた。


その夜は失神こそしなかったものの、朦朧《もうろう》としたままシャワーに連れていかれて身体を洗われ、いつ眠ったのか記憶にない。

ふと夜中に目が覚めた佳月はむっくりと起き上がり、ここはどこだっけと寝ぼけて周囲を見回した。

ぼんやりと小さな間接照明がついていて、薄明かりの中にゴシック調の内装やベッドが浮かび上がっている。

佳月のすぐ隣には健吾が、憎らしいくらい整った顔で寝入っていた。

その顔が眼鏡をはずすと、意外なほどにまつ毛が長いことに気付く。

だが佳月はすぐ、それどころではないことに気が付き、寝ぼけた頭が一瞬にして冴《さ》えてしまった。

「完全に人をバカにしてるだろ、こいつ……」

というのもシャワーの後、健吾が着せてくれた寝間着が純白の、これでもかというくらいにひらひらのフリフリという甘ったるい代物《しろもの》だったからだ。

しかも身動《みじろ》ぎしてみてわかったが、どうやら丈が裾まであるネグリジェらしい。

「いいように人をいたぶった挙句、着せ替え人形みたいに扱いやがって」

ぶりぶりしながら佳月は腕を組み、しばらくベッドに座ったまま宙をにらんだ。

この憎たらしい男に、どうにか復讐してやりたい。

寝ている健吾をポカポカ殴ることは簡単だ。屋敷を破壊するとか車に傷をつけるとか、もっと過激なこともやろうとすればできるが、それで里海組や家族が報復されたら、自分が嫁に来た意味がなくなる。

――味噌汁作戦は、なにしろ時間がかかるからな。今すぐできることが、なにかないか。このまんまじゃ、腹の虫がおさまらねぇ。

そうして三十分ばかりが経過した、そのとき。

――すげぇこと思いついた！　俺って天才かも！

佳月はポンと両手を打った。

物理的に健吾を傷つけるわけでなければ、いきなり郷島組が里海組に喧嘩を売ることもないだろう。

そして佳月自身は痛くもかゆくもない、そんな復讐方法を思いついたのだ。

――名付けて、あのすかした野郎を一泡吹かせてやる大作戦だ！


「みてろよ、あのエロ眼鏡。慌てふためくツラを拝んでやる」

ちゃぷ、ちゃぷ、というかすかな水音の響く夜の黒い水面を月明かりが照らす中、佳月は栈橋《さんばし》に仁王立ちで勝利を確信していた。

作戦を実行に移すべく寝室から脱出したのは、今から三十分ほど前に遡《さかのぼ》る。

――仮にも本来なら里海組の四代目に、こんなひらひらのドレスまがいを着せて、窮屈な歩きにくい靴を履かせやがった恨み、思い知らせてやる。

そう考えた佳月がそろりとベッドから抜け出しても、健吾は目を閉じたまま反応はなかった。

だが佳月は、もしかしたらもう健吾は目が覚めているのではと予測していた。

これだけやり手で組の規模拡大に貢献し、常に危険と隣り合わせて生きてきた男だ。寝室に自分以外の気配があるのに、それを気にせず熟睡しているはずがない。

佳月の父親でさえ、幼い頃怖い夢を見て両親の寝室に近づいた佳月を、ドアを開く前に誰だと大声で怒鳴ったものだ。

「ちょっと、トイレ」

だからあえて佳月は声に出してそう言って、寝室を出てきた。

やはり健吾はなにも言わなかった。外は森と湖が広がっているし、まさかここから逃げ出すとは思っていないせいもあっただろう。

抱かれた後で少し足元はふらついたが、初めてのときのような辛さは感じずに済んだ。

そこで佳月は作戦通り、まずは玄関に行って忌々しいパンプスを手にすると、次にキッチンへと向かった。

キッチンばさみを使ってずるずると長い腹の立つネグリジェの、腿《もも》辺りから下を切り取った後、その切れ端とパンプスを一緒に持って勝手口から外へと裸足で出たのだが。

足元に絡まないように短くした膝上丈のネグリジェだと、この時期の外はかなり寒かった。

――しまった。山の中ってのは都心より寒いのを忘れてた。でもまあ、動いてれば身体は温まってくれるだろう。

佳月はそう考えて湖に向かい、駐車場や応接間の窓から見えていた桟橋を目指した。

桟橋といっても小さく、おそらくボート用のものだ。

別荘からは数十メートルの場所だったから、もしかしたら郷島組の私物なのかもしれない。

そんなことを考えながら星空の下、夜露に濡れた草を踏みしめて佳月は歩いた。

無理に切られた白いリネンの裾はボロボロで、脛《すね》と腕は素肌をむき出しにし、手にはパンプス。

なにも知らないものが見たら、おそらく妖怪か幽霊としか思えない姿だっただろう。

途中で振り向くと、別荘の窓に明かりがついたのが見え、よっしゃ、と佳月はガッツポーズをとった。

おそらく健吾は、すでに佳月の脱走に気が付いていると思えたからだ。

トイレにしては長すぎると考えたのかもしれないし、佳月が外に出た時点で、なにかしらのセキュリティ装置が作動したのかもしれなかった。

そうして今。

「順調、順調、作戦通りだ」

桟橋の上にいる佳月は腕を組み、成功を確信してにんまり笑った。

わくわくしながら桟橋の先端まで行き、きちんとパンプスを並べて置く。

次に切り取ったネグリジェをポイと湖面に放り投げ、桟橋の上を岸まで駆け戻った。

「あとは……なんかねぇかな。でかい音が出そうな、俺でも持ち上げられそうなもん」

きょろきょろと見回すとボートハウスの近くに、大きな古い酒の木箱が放置されているのを見つけた。

「よし、ナイス木箱！」

裏手の門から、健吾が周囲を見回しながら出てくるのを、外灯の明かりを頼りに確認する。

そして健吾が歩き出した、そのとき。

ていー！　と佳月は湖面に木箱を放り投げ、同時に木陰に身を潜める。

ドッパーンと派手な音がしてハッと健吾が湖に顔を向けたのが、ここからでもわかった。

健吾は凄《すさ》まじい速度で桟橋を走っていく。

どうやら遠目にパンプスを見つけたらしい。

先端まで走って、すごい勢いで湖面を見回している。

おそらく夜目にも白いネグリジェの切れ端が、ぷかぷか浮いているのを見つけるはずだ。

——やった、大成功！　……探してる探してる。やべぇ、笑うの我慢するのが辛い。

想像以上の慌てぶりに、佳月は右手で口を、左手で腹を押さえ、くっくっと肩を震わせた。

さて名残惜しいが大事になる前に、種明かしをしなくてはと佳月が木陰から出て行こうとした瞬間。

「えっ、待っ……」

佳月は一瞬、茫然として立ち竦んでしまった。

健吾は素早く眼鏡をはずし、ザン！　となんのためらいもなく湖に飛び込んでしまったのだ。

——嘘だろ！

佳月は木陰から飛び出し、桟橋を走った。

月は明るく湖面を照らし、健吾が飛び込んだと思《おぼ》しきあたりに波紋ができている。

「おい！　おい、俺だ！　探さなくていいから早く上がってこい！」

湖面に向かって叫んでみるが、耳を澄ませてもわずかな波が桟橋に打ち付けるぴちゃぴちゃという水音と、遠くから森の生き物らしき鳴き声のようなものが聞こえるだけだ。

——これは……いくらなんでも、まずいんじゃねぇのか。

威勢はよくとも根の優しい佳月は、自分が恐ろしいことをしでかしたのではないかと激しく後悔し始めていた。

「きっ、聞こえねぇのかよ！　エロ眼鏡！　……郷島！　出てこいって！」

健吾が潜ってからいったいどれくらいだったのか、混乱している佳月にはわからない。

実際には、三十秒か一分程度かもしれないが、とてつもなく長いように感じていた。

佳月は桟橋に這《は》いつくばり、黒い水面にできるだけ顔を近づけて叫び続ける。

「おおい！　郷島っ！　早く上がれ！」

頼むから戻ってきてくれと心の底から願った瞬間。

ザバッと佳月の目の前の水面が盛り上がった。

「っ、いた！　生きてた！」

「……お前……っ」

目と目が合い、一瞬ふたりは見つめ合う。

安堵した佳月だったが、ずぶ濡れで幾分青ざめている健吾の目がぎらりと光った。

うっ、と鋭い眼光に佳月は気圧される。

健吾は無言ですいと桟橋に近づくと、両手をついて身体を引き上げた。

「あ……」

その片方の手には、しっかりと佳月のネグリジェの切り端が握られていて、ズキンと良心が痛む。

健吾はそのまま佳月を一瞥《いちべつ》することもなく、ずんずんと桟橋に濡れた足跡をつけて歩いていき、途中で切れ端をポイと捨てた。

「ま……待てよ、その……悪かった！　ごめん。……おい、無視すんな！　謝ってるじゃねぇか！」

足元に転がっていた眼鏡を拾い、佳月は健吾の後を追って走り出す。

もちろん、自分を抱いた上に女装させて面白がっている健吾を許したわけではないし、好意を感じたわけでもない。

——けど、本当に……根っからの極悪人じゃないのかもしれない。

ほんの少しだけ、佳月の中の健吾像は変化し始めていた。

翌日の朝食時。

佳月は神妙な面持ちで、トレイに乗せた水差しとグラス、そして粥《かゆ》を寝室へと運んだ。

昨晩のペナルティーとして、花びらのように幾重にも重ねられた超ミニのスカートという格好をさせられていたが、腹を立ててはいない。

それよりも自分がやらかしてしまったことへの、罪悪感がある。

「えっと。……起き上がれるか?」

なんとなく腫れものに触るような感覚で、そっと小声で尋ねると、健吾はベッドに横になったまま険しい目で、じろりとこちらを見た。

その目が赤く潤んでいるように見えるのは、おそらく熱のせいだろう。

昨晩、まだ水泳など考えられない低温の湖にダイブした健吾は、ひどい風邪を引いてしまっていたのだ。

無言のまま億劫《おっくう》そうに上体を起こし、乱れた髪をかきあげた健吾は、ヘッドボードから眼鏡を手にする。

「お、俺が食わせてやろうか」

うしろめたくてそう言ったが、ふん、と健吾は取り合わなかった。

「遠慮しておく。さっさとトレイごと渡せ」

水差しだけはサイドテーブルに置き換え、佳月は素直にトレイを差し出す。

おそらくまだ健吾の怒りは、収まっていないに違いない。

粥ごと皿を投げつけられそうな気がして、ひかえめにベッドの足側のほうに座って様子を見た佳月だが、健吾は黙々と匙《さじ》を口に運ぶだけだった。

「なあ。あんたって……その。変態だけど、実は結構いいやつなのか?」

「ああ? どういう意味だ」

「べ、別に。そんな深い意味はねぇけど」

「だったらくだらないことを聞くな」

——人をバカにしてるくせに、なんの躊躇もなく夜の湖に飛び込んだりしてなんなんだこいつは。……本当にわかんねぇ。

わからないが生来義理人情を大事にし、弟にお人よしが欠点と言われるだけあり、こうなると佳月も棘のある態度ばかりはとっていられない。

「まだ食えるなら、お代わりもあるけど」

「いや、いい。寝る」

苦しそうな息をついて匙を置いた健吾に、佳月は薬のカプセルを差し出した。

「救急キットに解熱剤があったから、飲んどけよ。咽喉はどうだ。腹とかは痛くねぇか」

「解熱剤だけで充分だ」

健吾は薬を飲み終えると眼鏡をはずし、眉間に皺を寄せて横になった。

佳月はなぜか落ち着かず、そうだと思いついて水を張った洗面器とタオルを用意する。

枕元に丸椅子を持ってきて座り、濡れタオルを固く絞って額に乗せると、健吾は鬱陶しそうに目を開いた。

「最初からこんなふうに甲斐甲斐しく振る舞ってくれていれば、寒中水泳をしなくてすんだんだがな」

「だっ、だけど、まさか飛び込むとは思ってねぇし」

むくれる佳月に、健吾は掠れた声でぴしりと言う。

「少しは立場を自覚しろ。お前の悪ふざけが郷島組と里海組、両方を潰すことだってありえるんだぞ」

「それはだから……悪かったって。ちょっとふざけただけのつもりだったから」

「切った張ったの世界で命をネタにふざければ、殺されても文句は言えん」

辛辣《しんらつ》だがもっともな言葉に、佳月はしゅんとなる。

最初は嫌すぎてブチ切れそうな格好だったが、こんな服で少しでも許されるなら、メイド服でもなんでも着るべきかもしれないとすら思い始めている。

——そうだ、俺は……姉ちゃんや亜月を守るって決めてすすんで嫁になったのに、ついガキみたいにカッとなって。なのにこいつは、俺を助けようとしてくれた。それに……怒ってはいるだろうが手は出されてない。父さんのほうが、よっぽど短気だった。

東の窓からの日差しを受けて、毛布に悄然《しょうぜん》として座っている自分の影が落ちているのを、佳月はぼんやり見た。

「……なあ。郷島組ってもしかして、わりとアットホームな組なのか」

ああ？　と健吾は眉を顰める。

「まさか。徹底的な合理主義に基づいた組織だ。立場にあぐらをかいていたら即格下げするし、懲罰制度もある。むやみに暴力は使わんがな」

「そ、そうか。……昨夜のことで殴る蹴るされても文句は言えねぇなと思ったのに、一発もくらわなかったから」

「まあな」

健吾はフンと鼻で笑って目を閉じた。

「かよわい花嫁に拳を振るうなんて、男として最低だろうが」

「あーそうかよ、なるほどね」

――要するに優しくされたわけじゃなくて、対等な男同士と思われずにバカにされてるってことか？　……見直しかけて損した。

佳月が黙ると、健吾はそのまま目を開けず、やがて眠ったようだった。

佳月はしばらくそのまま、静かな寝息と時計の音だけが響く寝室で、複雑な思いで健吾の寝顔を見つめる。

暖かな日差しの中、座ったままつい うとうとしてしまい、ハッと目を開けるとこちらを見ている健吾と目が合ってドキリとした。

どれくらい寝てしまったのかと壁の時計を見ると、午後三時を回っている。

「いっ、いつから起きてたんだよ」

「……十分ほど前だ」

そっと手を伸ばして健吾のタオルを取ると、すっかりぬるくなっていた。

もう一度固く絞って額に乗せると、気持ちよさそうに健吾は目を閉じる。

「まだ熱、ありそうだな。医者呼ばなくて平気か？」

「問題ない。あると判断したら自分で呼ぶ」

「……なんだよ、可愛くねぇな」

「可愛くなどあってたまるか」

減らず口め、と佳月はむくれたが、自分のせいで風邪を引かせた今となっては、以前のように健吾に反発する一方という心持ちではなくなっていた。

「遅いけど、昼飯作る」

立ち上がったが、いや、と健吾は顔をしかめる。

「食欲がない。このまま寝かせろ」

「でも、食欲なくても食わねぇと体力落ちるし、薬だって飲めないだろ。な、持ってきてやるから」

佳月が食い下がると、健吾は小さく溜め息をついた。

「……じゃじゃ馬も面倒だが、世話女房というのも鬱陶しいもんだな」

皮肉を背にキッチンへ向かったものの、責任を感じているせいか腹も立たない。

むしろ今となっては、早く健吾を回復させてやる、という使命感に燃えていた。

できれば鍋焼きうどんでも作りたいところだったが、あいにくとうどん玉は置いていなかったため、刻んだ野菜とコンソメ、玉子とベーコンでスープを作り、リゾットを作る。

キッチンの窓からは、午後の日差しを受けて緑の木々がのぞいていた。

最初は静かすぎて辛気臭いところだと思ったが、今は違う。

薄く霧のかかった湖も周囲に広がる森も、佳月は嫌いではなかった。

窓から入ってくる真水と草木、苔《こけ》むした石や湿った土の匂いのする空気。時折聞こえる、透きとおって甲高い小鳥たちの声。

火にかけた鍋のくつくつという音を聞きながら、佳月はしばらく外を眺めていた。

――極道のくせに、やたらといい環境の別荘を持ってやがる。

妙な感心をしながら再びトレイに皿を乗せ、佳月はベッドまで料理を運んだ。

「ほら食えよ。あーん、しろ」

佳月がスプーンを差し出すと、健吾はいやそうに顔をそむけた。

「面倒なことをするなと朝も言っただろう、トレイごと渡せ」

「なんだよ、せっかく嫁っぽくしてやったのに」

「冷ましもしないで、熱々のスプーンを口につけようとする嫁なぞいるか」

「ふーふーして欲しいならそう言えよ」

「いいから寄こせ」

佳月の揶揄《やゆ》ににこりともせず、健吾はトレイを自分の前に持って行った。

態度は横柄だが、あまり食欲がないと言っていたにもかかわらず、健吾は綺麗にたいらげて、もう少しくれとお代わりまでした。

しかしまだ回復はしておらず、咳などは出ないものの、関節が痛むようだし熱が高い。再び薬を飲んだが、健吾は横にはならなかった。

「なんだ、寝ないのかよ?」

「もう寝すぎたからな。当分は眠れそうもない。パソコンでも持ってきてくれ」

「あんなもん見てたら頭痛くなるぞ。それにせっかくこんないいとこに来てるんだから、仕事なんか忘れろよ」

いいとこ、と言った佳月に、健吾の目がいつもより少しだけ穏やかになる。

「少しはここが気に入ったか」

「え……ま、まあ」

健吾のパジャマの大きく開いた襟元《えりもと》は、厚い胸板からすっくと伸びた首のラインを強調して、男の色気を漂わせていた。

なんとなくどぎまぎしてしまい、佳月は視線を窓のほうへ向ける。

「いい景色だよな。ここって昔から、郷島家の持ち物なのか?」

「ああ。ガキの頃、夏休みはいつもここだった」

「へえ、いいな。じゃあボートとか乗ったり」

乗りたいか? と聞き返されて、反射的に佳月はうなずいていた。

「風邪が治ったら乗せてくれよ。俺、手漕ぎは乗ったことねぇから。あの桟橋とかボートって、やっぱり全部郷島組のものなのか」

「桟橋付近はそうだ。もちろん湖全部がうちの敷地というわけじゃないがな」

健吾はいつもより心なし柔らかな表情で言ってから、それにしても、と小さく溜め息をつく。

「……よく平気で俺にボートに乗せろなどと言えるな。湖の上なら誰の目も届かない。誰にも気づかれないよう、俺に始末されるなんてことは考えつかないのか？」

「はあ？　なんのために」

驚いた顔をすると、その反応に健吾は眉を寄せた。

「あらゆる可能性を考えろという話だ。最初からバカだとわかってはいたが、素直で警戒心がなさすぎるな、お前は。だからこそ、嫁にくるなんて妙なことになったんだろうが」

「バッ、バカにすんな、警戒ならしてるぞ！　だから俺が姉ちゃんの身代わりになったんじゃないか」

気色ばんで言い返しても、健吾は肩を竦めただけだった。

「だったらあんたは俺とこうしていて、警戒してんのか？」

「お前の非力さと単純さを考えると警戒は必要ないと判断している。まあ、ガキの頃からの習性で、多少は注意を払うが」

「非力っていっても、あんたが寝てるときならどうにでもできるぞ」

「そうか。せいぜい返り討ちにあわないよう注意しろ」

健吾は憎らしいほど男前の顔に、苦笑を浮かべた。

「お前ほどの単純バカはこれまでひとりも身近にいなかったが……それはお前を信用できるということでもある」

「ああん？　なに言ってんだかわけわかんねぇけど、俺をバカだって言ってるのだけは理解した」

ふん、とそっぽを向いた佳月だったが、本気で怒っているわけではない。

だいぶ元気が出てきた健吾に、少し安心していた。

——しかし人生ってのは、わかんねぇもんだな。まさか郷島組の若頭の風邪の看病する日がくるなんて。それも……。

くすっ、と含み笑いをすると、健吾は怪訝《けげん》な顔つきになる。

「なにがおかしい」

「だって考えてもみろよ。警戒もなにも新婚旅行だぜ。……あんただって俺とこんなことになるなんて、考えたことなかっただろ」

まあな、と健吾は認めた。

「俺は家庭を持つつもりはなかったからな。結婚するとしたら、それは組を大きくするためでしかない」

「でも、もしあのまま姉ちゃんと結婚してガキができたら……そしたらあんたも一応は父親になったんじゃないか」

複雑な気持ちで言う佳月に、健吾はあっさりと言う。

「子供はいらん。必要になれば跡継ぎは血ではなく能力で選ぶ。俺は……いや、お前だってそうだろう。極道の家に生まれることは、少なくとも子供にとってあまりいいものじゃない」

「あ、ああ……まあ確かに、多少はわかる」

組の規模も違うし、育った環境も同じというわけではないが、健吾が特殊な生い立ちを共感できる数少ない相手なのは確かだ。

そしておそらく佳月が経験したことよりも、健吾のほうがずっとハードだっただろうということも、容易に想像がつく。

「郷島組の場合、自宅とかどうなってんの？　うちは事務所から結構離れてたけど」

「……俺は物心ついた頃から、事務所で寝泊まりしていた。ガキの教育に向くとはいえない物騒な環境だったが、親がいなかったからな。家にひとりでいるよりは安全だった」

「そ、そうか。なんか……ごめん」

触れられたくないところだっただろうか、と佳月は思わず謝った。

しかし健吾は、なにも気にしていないようだった。

「謝る必要はない。家庭の味を知っていて失ったなら辛いんだろうが、初めから知らないとなにも思わない。どんなに殺伐《さつばつ》としていても、慣れればそれが日常だ」

平然と言う健吾を見ていると、なぜか佳月の胸は重苦しくなってくる。

「……俺の場合は、中学生まできちんと知らされてなかったから、わりと普通のガキだったと思う。知ったときはショックだったけどな。……初めて組の正月の宴会に参加させられたときはちびりそうになった」

「俺は幼少期から参加していたぞ。酌をする組員の着物の隙間から、龍やら虎が顔を出してたもんだ」

「そういや酔ったおっさんに、撃たれた弾の痕とか自慢気に見せられたなあ。正月からやめてくれよっていう」

ふ、と健吾は皮肉そうに唇を歪める。

「その手の武勇伝は、年配の幹部にはつきものだからな」

「それと懲役くらった話」

「ああ、わかる。その分、お年玉は結構な金額だっただろう」

「そうそう、それは凄まじかった。太っ腹な人ばっかりで」

普通の人間にはわかりかねる特殊な思い出話に、思いがけず意気投合してしまった。

もちろん笑える話ばかりではない。

誘拐されかけたことや乱闘に巻き込まれそうになったこと、同級生から怖がられたことや将来への不安、堅気のごく平凡な家庭への憧れ。

肉親以外でこうしたことを共感でき、理解してもらえるという状況は、佳月にとって初めてのことだった。それは健吾にしても同じに違いない。

午後の静かな日差しの中、ハジキだのワッパだのと物騒な単語が飛び交う。

時間が経つうちに佳月は気圧されるばかりだった健吾に親近感を覚え、くつろいだ気分になってしまっていた。

一時間ばかりそうして他愛もない話をしていたが、時折健吾の表情が辛そうだと佳月は感じる。

「……そろそろ夕飯の支度始めるから。できるまで寝てろよ」

「さっき食ったと思ったら、もう夕飯か」

「シチューにするから、昼よりは時間がかかるし。あ、でもその前に着替えたほうがよくないか。汗かいただろ」

「ああ。そっちの引き出しに新しいパジャマが入ってる」

着替えを手伝って健吾がベッドに横になり、佳月はトレイを持って寝室を出る。

こんな繰り返しを三日間続けたあと、健吾の風邪は無事に完治したのだった。


新婚旅行から帰宅して一か月。

夕飯の下ごしらえを終えた佳月は、きりりとしたメンソールの香りが、すっと鼻に抜ける爽やかな紅茶を飲み、リビングで一息ついていた。

最初は飲み慣れず、クセがあって苦手に思えたのだが、今ではすっかりお気に入りになっている。

無防備ですかすかするスカートも、フルメイクまではしないが最低限つけている口紅の油臭さも、不本意ながら馴染んできてしまっていた。

が、あぐらをかいて新聞を開いているそのさまは、どうやっても貞淑《ていしゅく》な新妻には見えないに違いない。

洗濯ものはクリーニングに出すし、ひとりで外出するのはせいぜい一階にあるスーパーマーケットくらいなので、やることといったら料理と掃除、あとはせいぜい漫画やテレビを観《み》ることくらいだ。

じっとしているより動くことが好きな佳月は、自然と家事に集中することになる。

そのため料理の腕は上がり、いつも部屋中綺麗なためか、健吾は以前より眉間に皺を寄せることが少なくなっていた。

平松と吉野以外の、健吾の直属の部下である組員たちとは挨拶を交わす程度の接触はあるが、頻繁には顔を合わせていない。

お世辞であっても、綺麗だの可愛いだのと言われると飛び蹴りをくらわせたくなる佳月としては、これはありがたいことだった。

「……そろそろ帰ってくる頃かな」

佳月は新聞を畳もうとしたが、三面記事にふと目を止める。

『二十三時四十分頃、飲食店で城西《じょうさい》会系組員がなにものかに刺される事件があり、警視庁は暴力団同士の争いとみて捜査』

——城西会系っていうと……郷島組もそうだよな。

里海組と郷島組の縄張り争いが終わり、しばらくはどの組も動きがなく当面平穏になると思っていたのだが、どうやらそうでもないようだ。

——刺されたのは幹部級か。報復合戦になると厄介そうだ。

にわかに落ち着かなくなってきて、佳月は壁の時計を見た。

——アホか、俺は。まだ帰らなくてもおかしい時間じゃねぇし。もっとやばい時期もあったけど、母さんはいちいちこの程度のことでうろたえてなかったしな。

自分に言い聞かせるように考えていると、ふいに内線電話の音がして、佳月は飛び上がりそうになってしまう。

駆けていって受話器をとり、健吾だと確認すると、出入口のオートロックを解除した。

「……ただいま」

差し出された上着を受け取り、佳月はまだ慣れずに照れながら言う。

「お、おかえり。……えっと、飯、すぐに食うか？」

「風呂を先にする。夕飯はなんだ」

「水炊《みずた》き。この前、食ったことねえって言ってただろ」

うなずいて健吾がバスルームに行くと、佳月は上着を片付けてからキッチンに向かい、ダイニングテーブルでいそいそと皿を用意する。

が、そこでふと我に返った。

――なんかこれ、まじで本物の新妻みたいじゃねぇか？　……ご飯？　それともお風呂が先？　みたいな。……うわ、なにやってんだ俺。

しかしせっかく作るからには美味《うま》いものを作りたいし、美味しく食べて欲しいのだから仕方がないではないか。

――掃除だって料理だって、別にあいつのためにやってるんじゃねぇ。だ、だって俺だって食うんだし、ここは俺の家でもあるんだからな。

佳月は自分で自分に突っ込みと釈明を繰り返しながら、夕飯の準備を終えた。

「……なあ。今日はいつもよりちょっと遅かったけど、組のほうはどんな感じなんだ？」

風呂から出た健吾の皿に、鶏肉《とりにく》や野菜を取り分けながら言うと、健吾は少しだけ不思議そうな顔をする。

「どんなもこんなもない。お前が組について聞くなんて珍しいな」

「いや、新聞に物騒な記事が出てたから」

親指でくいと新聞を示すと、そのことか、と健吾は目つきを険しくする。

「以前に潰した組の構成員が、仇討《かたきうち》を気取っているだけだ」

「仇討？」

聞き返す佳月から皿を受け取った健吾は、まだ生乾きの前髪を下ろしているのと眼鏡のせいもあり、商社のビジネスマンのように見える。

「先に向こうから仕掛けてきたんだが、随分とうちを舐めていたらしい。灸《きゅう》をすえるつもりで反撃に出たらさっさと組長が海外に高飛び遁走《とんそう》の末、組が潰れちまった。で、腹の虫が収まらない若手の残党が、逆恨みで噛みついてきている」

ああ、と佳月は思い当たって言う。

「うちほど古くはないけど、昭和の初期からあった組が看板下ろしたって聞いたことがある。小さい飲み屋をゆすって小銭を稼ぐような連中だったからいい気味だ、って母さんが言ってたけど」

「組の規模は里海と大差ないが、失うものがない連中は厄介だ。里海を潰さず手打ちに持っていきたかったのも、そうした経緯が理由のひとつにある。無駄に敵を増やすと面倒だからな」

苦々しい面持ちの健吾だったが、鶏肉を口に運ぶと少しだけ表情を緩めた。

「あっさりしてなかなか美味いな。出汁《だし》は昆布か」

「あ……ああ、うん。そんなことより、その潰した組の連中って、何人くらいいるんだ。ねじろや顔は把握してるのか」

佳月が問い詰めると、健吾は苦笑した。

「お前が気にすることはない。ここのセキュリティは完璧だ」

「おっ、俺はよくてもあんたはどうなんだよ。あの平松と吉野ってやつだけで大丈夫なのか？」

「問題ない。使えるからこそやつらを手元に置いているんだ」

「まあ、あの平松ってのはでかい図体でいかにも武闘派って感じだけど。吉野なんてまんま美容師みたいな優男じゃねぇか」

佳月としては、防御が手薄な気がして仕方がないのだが、健吾は意に介していないようだった。

「ああ見えて吉野は狙撃の名手だ。手先が器用で他にもいろいろと芸がある」

「芸？　チンピラに芸なんか必要か？」

「あいつはいろいろと変わり種でな。組員がサラリーマンや紳士に化ける必要がある場合、吉野のヘアメイクとコーディネイトは必須だ。お前もまた世話になる機会があるだろう」

ふーん、と佳月はまだ仏頂面のままでうなずいた。

「なにが不満だ。そもそもチンピラごとき気にしていられるか」

「油断しすぎじゃねぇかって言ってんの。その……あんたになにかあったら、下のやつらが困るだろ」

ほう、と健吾は片方の眉を上げて、佳月を見た。

「そんなに俺が心配か。最初から素直にそう言え」

「ばっ！　そんなんあるわけねぇだろ！」

思わずガタッと立ち上がると、健吾はすました顔で皿を差し出す。

「お代わり」

「つまんねぇこと言うと、飯作ってやらないからな！　……てかまじで、冷凍庫が冷凍食品ぎっしりで、凍らせて作り置きしたいもんが入らねぇんだよ。スペース作りたいから、明日の朝飯に出していいか」

茶碗を受け取りながら言うと、健吾は嫌な顔をする。

「捨てろ。朝は味噌汁と焼き魚がいい」

「そんなもったいねぇことできるか！　なんとかホテルの料理長が監修とかいう、すげぇ高い冷凍食品なんだろ」

「だったらお前が食え」

健吾は言って、お代わりをした皿から、美味そうに野菜を口にする。

むくれた顔をしてはいたが、眼鏡を曇らせて水炊きを食べる健吾に、佳月は内心ほっこりしてしまっていた。

――まあ……いいけどな。俺だって、俺の作ったもんを食って欲しいし。

健吾と過ごす毎日は、こんなふうに意外なほど穏やかに過ぎて行った。

ただ時折、漠然とした不安が佳月の胸をかすめたが、それは極道の身内として暮らす以上、どうしても一生ついて回るものだと考えるしかなかった。


「おい、まだ出られないのか」

ドア越しに、健吾の声が聞こえてくる。

「今行く！」

ようやく支度を終えてリビングに行くと、オレンジでふちを取った淡い水色の、美しい夕暮れの空になっている。

時間にうるさい健吾に追い立てられるようにして、佳月はドレスにショールをまとった。

「なあ。俺ってさあ、そんなに疑問を感じないほど女に見えるのかな」

複雑な心境で尋ねると、健吾はにべもなく答えた。

「だから花嫁の身代わりなんてものになれたんだろうが。それにそのドレスも、男とバレないよう考慮して選んであるからな」

この夜佳月が見につけたのは、喉元と胸回りにたっぷりとレースを使い、腰から下にふわりと広がるお嬢様風のドレスだった。

確かにこのラインだと、小さすぎる尻も補正されて目立たない。

「まあなんにせよ、よく似合う」

「え……」

以前ならばドレスが似合うなどと言われたら、いかにして復讐してやろうかと考えるほどに腹を立てたが、最近は少し事情が違ってきている。

「ひっ、人をバカにすんのもいい加減にしろよなっ。……急ぐんだろ、行くぞ！」

ぷい、と背を向けて歩き出した佳月の顔は、茹《ゆ》でられたように火照っていた。

――バカじゃねぇの、俺。なんで照れてるんだよ！　ああもう、照れてるなんてバレたら生きていけねぇ。

玄関を出ると、カツカツとヒールを鳴らしながら、逃げるように佳月は駐車場に向かう。

待機していた平松はにこやかに一礼し、後部座席のドアを開く。

「お待ちしてました、姐さん。今夜も本当にお綺麗で、これなら若も鼻が高いでしょう」

平松は佳月が男と知っているはずなのに、それでも目をきらきらさせて褒めてくる。

「お、お世辞なんか言わなくていい」

乗り込みながら照れる佳月に、本当ですよと平松は念を押した。

そうだろうかと思わず運転席のミラーを覗き込み、髪が乱れていないかチェックしてしまった佳月は、そんな自分に気が付いてますます顔を赤くしたのだった。


――どいつもこいつもすました顔しやがって。胡散臭《うさん》ぇことやって儲《もう》けてやがるくせに。


今夜佳月は健吾と共に、パーティに訪れていた。

郷島組は、表向きは堅気の会社をいくつか経営している。

風俗業と貸しビル経営、不動産業、広告代理店、モデル事務所などだ。

今夜は前者三つの関係者が集まるパーティで、健吾もそのうちの数社で役員になっているため、夫婦そろっての参加を会長や組長から頼まれていた。

この日のパーティ会場は、郷島組の系列企業が運営するイベントビルだった。

広いホールにはふんだんに花が飾られ、立食とはいえ料理も飲み物も、たっぷりと用意されている。

——ああもう足が痛ぇ。付け毛で頭が重い。顔が化粧でバリバリする。

鏡のように磨かれた黒い柱に映る、化粧の施された自分の顔を見ながら、佳月はげんなりと一時間ばかり前のことを思い出していた。

『やっぱり姐さんには、パールの入った華やかなメイクがお似合いになる。ほら、とても綺麗でしょう』

『ああ？　……ああ』

『それにウィッグのチョイスも正解でしたね』

まるで本物の美容師のように愛想がいい、健吾のボディガード兼運転手を、佳月は半ば呆れながら鏡越しに眺めた。

『吉野さん、だっけ。……一つ聞いていいか。なんでこんな、ヤクザらしからぬ芸を持ってんの？』

ずっと不思議に思っていたことを尋ねると、吉野は柔和な笑みを見せた。

『学生時代からの夢で、十代でアメリカに留学して、一昨年前まで向こうでヘアメイクの仕事をしてたもんですから』

『へえ、すげぇじゃん。……でもそれが、なんだってよりによって組員になったんだよ』

答えを聞いてもさらに疑問が増した佳月に、吉野はパレットに乗っているルージュのカラーを、紅筆で調節しながら説明する。

『趣味で射撃場に通ううちに、予想外の才能が開花してしまったものですから。それが身内で話題になって会長に見込まれて……一応、俺も郷島の親戚筋に当たるんですよ。それで強引に呼び戻されたというわけです』

『ふうん。じゃあ夢を捨てさせられたのか。あんたも災難だったな』

『まあでもこうして、腕は生かせていますし。俺もやっぱり極道の血を引いているせいか、銃もメイク道具と同じくらいには好きなので』

くるくると回っていた紅筆が止まり、吉野は腰をかがめて佳月の顔を覗き込む。

『あ、少し唇を開いてください』

『こ、こうか？』

いつもは適当に口紅をつける程度だが、本格的なパーティメイクなどとても佳月にはできない。

そこで運転手の吉野が再び、佳月のヘアメイク担当として部屋に呼ばれていた。

むにむにと言われたとおり唇をすり合わせると、目を細めて吉野は鏡越しにニッコリ笑う。

『我ながら素晴らしい出来栄えです。きっと若も惚れ直しますよ』

終始温厚で態度物腰の柔らかい男だが、いざとなればこの指がトカレフやカラシニコフの引き金をひくのだと、佳月は薄気味悪く思ったものだ。

――パーティとやらがあるたびに、あいつの手を借りて化けなきゃならねぇのかよ。面倒くせぇなあ。

ぼんやりと物思いに浸っていた佳月は、たくさんのグラスをトレイに乗せたウェイターに飲み物をすすめられ、ハッと我に返った。

空のグラスを渡して新しいグラスを手にすると、下を向いてこっそり溜め息をつく。

健吾は表の顔を作って、まるで紳士のように礼儀正しく挨拶をし、誰彼となく気の利いた会話を交わしているが、佳月にはとてもそんな器用なことはできない。

おしゃべりの輪に入る気にはならず、そそくさと壁際に寄って、ちびちびとソフトドリンクを口にしていた。

なにしろ男とバレると一大事だし、社交辞令も苦手だ。

だからできるだけ人と目を合わさず、話しかけるんじゃねぇというバリアを全開にして、早く終われとひたすら念じている。

パーティの参加者たちは、少なくとも一見だけならば裕福な紳士淑女《しゅくじょ》に見えた。男たちのスーツは高級だが決して派手ではないし、女性たちの化粧や物腰も落ち着いている。

――でも俺にはわかる。こいつらの……三人に一人は堅気じゃねえ。なにかしら裏の商売に関わってるはずだ。たとえばあそこにいる女とか……あの堂に入った髪型や仕草は素人じゃない。水商売関係だろうな。

そもそもパーティの主催からして郷島組の関係だから、当然といえば当然のことだ。しかし、なまじ一般人の社員や従業員も混じっているせいで、余計に誰もが腹の中を隠しているような、奇妙な空気になっている。

「っ!」

どん、と横から肘鉄を食らわされ、ぼんやりしていた佳月はなにごとかとそちらを見る。それは先刻佳月が、素人ではないと判断した女性ふたりだった。

「あら、当たっちゃったかしら? ごめんなさいね」

言って隣に立った女を、酔っているのだろうかとそっと横目で検分する。

長い爪やドレスの着こなしで、おそらくは高級ナイトクラブのホステス、それもナンバーワンかママの立場ではないかと佳月は推測した。

その連れらしき女性もまた、あまりいいとは言えない目つきで佳月を見る。

「仕方ないわよね、この場所狭いもの。はい、お料理のお皿」

女性はありがとう、と受け取りつつ、またドンと佳月の腹部に腕をぶつけた。

――なんだこいつら。

さすがにわざとだと知って佳月が目つきを険しくすると、フン、と女性は鼻を鳴らす。

「あらまたぶつかっちゃった？　悪気はないのよ、ただ胸が大きいと邪魔になってしまって」

女性は言って、豊かなバストをこれ見よがしに揺する。

「肩も凝るし、重くて大変。その点、小さい人はいいわよね、羨《うらや》ましい。……まあ、男性はやっぱり大きいのが好きだから、小さくなりたいとは思わないけど」

「そうよね。健吾さんだって本当は好きなはずよ。私、よく谷間を見られていたもの」

なんなんだ、と聞くうちに佳月は、それが自分への当てつけなのだとようやく気が付いた。

なにしろ胸が大きくなりたいなど、生まれてこのかた一度たりとも考えるはずがないから、なかなかピンとこなかったのだ。

――けど俺になんの恨みがあって、こんなしょーもない嫌がらせを……って、そうか！

ハッ、と佳月は目を見開く。

――こいつら健吾に気があって、それで嫉妬《しっと》してるのか。てめえらみたいなオッパイお化けに、健吾がひっかかるわけねぇだろうが！

事情を悟った瞬間、佳月の頭にカッと血が上った。

「新婚なのはいいけど、ちゃんと健吾さん、夜のほうは満足してるのかしら」

二人がかりなら負けないと思ったのか、なおも女たちは嫌味を言う。

佳月はその正面に移動し、他の客たちに背を向けてギロリと睨んだ。

「その無駄にでけぇ脂肪の塊、削ぎ落されてぇのか」

女性二人はぎょっとしたように佳月を見た後、一言も言い返さずに顔を蒼《あお》くして逃げていった。

佳月の上品に仕上げられた化粧や髪型から、おとなしそうだと舐められていたのかもしれない。

予想以上の効果に溜飲を下げた佳月だったが、ふと自分の心の動きがおかしいのではないかと気が付く。

――なんだって俺は……目立ってバレるような真似はヤバイのに、啖呵《たんか》を切ったりしたんだ？　そこまで怒るようなことじゃねぇだろ。綺麗なおねーちゃんたちだったし、健吾に振られたんなら同情してもいいくらいだ。それなのになんで俺は……。

佳月は難しい顔をして口元に手を当て、サテン地のヒールの足元に視線を落とした。

――つまりあれか？　健吾がモテるからムカついたってことかな。俺はこの格好でいる限り、女にモテるなんてことはないわけだし。けど、だからって女相手に喧嘩売るなんて俺らしくもねぇ。……うーん。そうだ、ストレスが溜まってんのかな。

きらびやかなパーティとは裏腹に、佳月は美味しそうなオードブルからも客からも離れ、ひたすら自問自答を繰り返す。

――それもこれも健吾が悪い。単に形式的に俺が嫁に化けてるだけなら、どってことねぇはずなんだ。なのに、キス、とか。あ、あんなことしやがるから。だから……。

佳月が人知れずぐるぐるしていると、ふいに目の前にプチケーキが現れた。

「下を向かれてどうかしましたか？　よろしかったら、これをどうぞ」

顔を上げるとデザートを取り分けた皿を差し出してきたのは、まだ若い地味なスーツを着た男だった。

身なりも髪型も、どこから見てもごく平凡なサラリーマンといった感じだが、佳月はわずかにその目つきに、なにか気になるものを感じ取る。

「あ……どうも」

なるべく多くは話したくないので、皿を受け取ると口をつぐんで視線を逸らした。

けれど男は、しつこく話しかけてくる。

「失礼ですが。郷島常務の奥様でしたよね」

今夜はこれと同じ質問を、すでに十人近くからされていた。

佳月はあらかじめ健吾に叩《たた》き込まれたセリフを、間違えないように返す。

「はい、まだ未熟ものですが、郷島ともども、今後ともよろしくお願いいたします」

か細く高い裏声で言うと、男は目を細くした。

「今どき珍しいくらい、つつましげな方だ。こんな人と結婚するなんて、常務が本当に羨ましい」

「……い、いえ……そんなこと」

「ご結婚されたと聞いて、どんな女性だろうと思っていましたが、こんな綺麗な方だったとはもったいない。……いやこれは常務に失礼な言い方になってしまいましたが」

——なんだこいつ。俺におべっか使ってどうしようってんだ。早く向こうに行ってくんねぇかな。

苦々しく考えていると、つう、と腕に指が滑らされるのを感じ、佳月は飛び上がりそうになった。

――てめぇ、なに人の身体に触ってやがんだこのスケベ野郎！

と叫んで殴りかかりたいのを、周囲の目を気にしてぐっと我慢する。

――やばいやばい。さっきの女どもは嫉妬絡みだから、まわりに俺をどう言おうが相手にされねぇだろうが。こいつがもし関係会社の社員だったら、あんまり邪険にすると健吾に恥をかかせちまうことになるよな。

コホンとひとつ咳払いをして、佳月は気を落ち着けた。

「な……なにをなさるんですか」

軽く睨むと、男は嫌な目つきのまま薄笑いを浮かべた。

「あまりに肌が綺麗だったのでつい。これは常務には内緒にお願いします」

「あの。……失礼します」

本格的に佳月が嫌悪感に顔を歪め、その場から移動しようとすると後ろから腕をつかまれた。

「そうつれなくしなくても。もっとも冷たくされると余計に燃えますが」

――つけあがってんじゃねぇぞ！　人が下手に出てりゃ調子にのりやがって！

我慢できずに切れかけた佳月の耳元に、男は口を寄せてくる。

「もしも未亡人になられたらそのときは……俺が可愛がってあげますよ」

ねっとりとした声に、ざわっと佳月の全身に鳥肌が立った。

「ど、どういう意味……ですか」

怒るよりも気味の悪さと、得体の知れない不安感で佳月は固まってしまう。

「失礼。つまらないことを言ってしまいました。ただのたとえ話です。つまりそれくらい奥様が魅力的だということで……少し酔ったらしい。どうか忘れてください」

意味ありげな目で佳月を見てから、男は離れていった。

ホッとした反面、なんだか落ち着かなくて、佳月は男に渡された皿に手を付けず給仕に返す。

と、ふいに肩に手がかけられてびくりとする。

「な、なんだ、健吾か」

けれど振り向いた佳月の目に映った健吾は、眉間に皺を寄せ、やけに殺気を帯びた表情をしていた。

健吾は周囲には聞こえないよう、耳の後ろで囁いてくる。

「今、ここにいた男となにを話してた」

「え？　なにって……」

つつましいだの綺麗だのとやたら誉められたが、それを口に出すのは抵抗があった。

「べ、別に。ただ挨拶をしただけ」

「挨拶だけで顔を赤くするのか？」

それは単に馴れ馴れしくされた怒りから赤くなっていたと思うのだが、健吾は勘違いしているらしい。

肩をつかんでいる手に、ぐっと力が入る。

「それにお前、触られていたな？」

「違う、そんなんじゃなくて」

「言い訳をするな」

ぴしりと健吾は言った。

「イエスかノー、答えはひとつだ。もう一度聞くぞ。触られたのか？」

「い……いえす……」

仕方なく佳月が答えると、健吾は佳月の腕を取って歩き出した。

なにごとだ、とこちらを見ている周囲よりも佳月がびっくりしたが、大声で問い質《ただ》すわけにはいかない。

会場から広い廊下に出て、ようやく口を開く。

「おい、どうしたんだよ、どこに行くんだ？」

健吾は無言のまま歩き、たどり着いたのは洗面所だった。

都心の高層ビルの会場とあって、洗面所といってもベージュと金色で美しく装飾され、大理石の張られた床はぴかぴかに光っている。

健吾は通常の四倍は広そうな個室に、佳月を引っ張り込んで鍵を閉めた。

「答えろよ、なんで黙ってるんだ。なあ、健……ん、んん」

いきなり噛みつくようにキスをされ、折れるほど強く抱きしめられて佳月は呻いた。

「んう、う……っ、ん」

舌先で上顎をくすぐられると、健吾に開発された身体は、それだけで膝に力が入らなくなってしまう。

「っは、や……っ、やめ」

唇の端から唾液《だえき》を零しながら顔を背けると、そのまま身体を後ろ向きにされ、壁に押し付けられた。

「健吾、な、なんでこんな……っあ、やぁ」

背後からドレスの裾がまくり上げられ、健吾の手が前に回される。

「っんん！」

下着の上から触れられて、ぴくんと佳月の身体が跳ねた。

「こ、こんなとこで……っ！　まっ、まじで怒るからな……あっ、駄目だって！」

佳月は両手を壁につき、羞恥《しゅうち》と驚愕《きょうがく》、そして困惑でどうしていいかわからなかった。

「ほんの少し触れただけでこれだ」

低い健吾の声には、かすかに怒りが潜んでいる。

「やめろっ、あ、駄目ぇっ」

指の腹で自身を下から上へと撫でられて、佳月は上ずった声を上げる。

「誰の手だろうが、触られると反応するんだろう」

「ちっ、違……！　やめっ、あ」

耳たぶを軽く噛まれて、佳月は思わず甘い声を上げてしまう。

――こんな場所、誰が来てもおかしくねぇのに。それに俺はあんな男に触られても、気色悪いだけだったのに。

「あ、あっ……嘘、だろ。こんなとこ……や、ああっ」

健吾は後から、足の間に身体を入れてくる。

こんな場所で抱かれるなんて絶対に嫌だ、ともがき出したそのとき、佳月はギクッとして動きを止めた。

キイ、と洗面所のドアが開く音がしたのだ。

――人が入ってきた。ど、どうするんだよ、聞こえたら。

緊張して身動ぐことすらできない佳月の、男性用のものと違って華奢で頼りない下着の中に、健吾の手が入ってくる。

「……っ！」

器用な指が直に絡みつき、どこが弱いのか知り尽くした動きで、抵抗できない佳月をあっという間に追い詰めていく。

佳月は自分の拳を噛み、声を出さないように必死に堪えた。

――は……やく、出て行け。我慢、できない。出ちゃう……っ。

ヒールを履いた膝がかくかくと震える。

先走りが零れ始めているらしく、健吾の手はぬるぬると動いて、佳月のものを根元からこすり上げていく。

さらにはそのぬめりを借りて、もう片方の手の指先が、下着を横にずらして佳月の背後にそっと触れてきた。

「っ！」

ぬうっと入ってきた長い指の感触に、きつく閉じた佳月の目から、耐えきれずに涙が転がり落ちる。

ただでさえ化粧をしてドレスを着て、下半身を剥き出しにされている恥ずかしさでどうにかなってしまいそうなのに、誰でも出入りできる場所で犯されるという異様なシチュエーションに、神経がことさら過敏になっているらしい。

やがて手を洗っているらしき水音が途絶え、ドアが閉まった音がした。

「っうう！　あ、あっ」

待ちかねていたように、びくびくと佳月の身体が小刻みに震え、健吾の手がそれを受け止める。

「はあっ、も、や……ああ！」

崩れ落ちそうになる佳月の内部に、放たれた液体をまとった指を、健吾は再び深く入れてくる。

「やっ、いや、どうして……お、俺、なにも」

「俺以外の男に、簡単に触れさせるな」

健吾は言って、ゆっくりと指を引き抜いた。

「約束しろ、佳月」

背後から唇で耳を挟むようにして言われ、ぞくりと佳月の身体に甘い痺れが走った。

――これって、もしかして。……嫉妬されてるのか……？

そう思った瞬間、身体がこれまでと違う熱を持つ。そして。

「――っあああ！」

立ったまま背後から貫かれて、抑えきれない声が漏れた。

身長差があるため、佳月は必死で爪先立ちになる。

ハイヒールを履いた足が、ガクガクと震えた。

「っや、無理……っ！　あっ、あ！」

健吾は容赦なく自身を限界まで埋め込むと、ゆっくりと腰を使い始めた。

「んうっ……く、ああっ、駄目ぇ」

激しい動きではないものの、すでに佳月の身体を知り尽くした健吾は的確に弱い部分を責めたてる。

「ま、また、誰か……来たらっ」

「来たらなんだ」

「バ、バレる。っん、こんな……と、ころで、っあ……し、してる、って」

「俺たちは夫婦だぞ。なにも困らない」

「でもっ！」

羞恥心てもんはねぇのかよ！　と胸の内で叫ぶ佳月に、健吾は棘のある声で言い放つ。

「それとも俺の嫁だと意識したくないか？　他の男に目移りするのか」

「っああ！」

ぐい、と敏感なところを抉られて、佳月は悲鳴を上げた。

「ほ、本当に。違う、から。健吾、俺は……っ」

「だったら黙って抱かれろ」

「や、いや、もう……っあ！　あっ、やあ」

下半身がとろけたようになってしまい、ほとんど力が入らない。

その腰をしっかりと健吾は抱え、いいように佳月の中を蹂躙した。

――もしかしたら健吾が嫉妬してるのかもしれない、と思ってから身体が……変だ。

いつもより敏感になって……どうして。

はあはあと苦しい息をつきながら、佳月はきつく眉を寄せて目をつぶった。

さっきいかされたばかりだというのに、もう佳月のものは硬度を取り戻しかけている。

「つう、なに」

その根元を、健吾の指がきつく拘束する。

「離し……っあ、ああっ！」

——こんなのは、嫌だ。顔も見ないで、後ろからトイレで立ったままなんて。それに俺は、他の男に興味なんてねぇのに。

身体はたまらないほど感じてしまっているのに、胸が痛い。

「も、もう。許して。許して」

涙ながらに懇願すると健吾の律動が激しくなり、身体の中に熱いものがどっと注ぎ込まれる。

「——っ！」

佳月の身体は引き攣ったように痙攣したが、指で締め付けられているせいで、熱を吐き出せないままだ。

「う、う……」

健吾は自身をゆっくりと引き抜くと、トイレットペーパーで手早く佳月の足の間に流れるものを拭き取った。

「……戻るぞ。歩けるか」

ふらふらになっている佳月は壁にへばりつくようにして身体を支え、涙目で健吾を睨む。

「こんなんで、人前に出れるわけ、ねぇだろ」

まだ呼吸が落ち着かず、胸が大きく上下していた。

おそらく目は潤んで赤くなっているし、なにより自身はまだ熱を持ったままだ。

健吾はしげしげと、そんな佳月を上から下まで観察する。

「……大丈夫だ。フレアースカートのおかげで勃っているようには見えない。たいした大きさはないしな」

「てめ……この……」

いつものように食って掛かる気力も今の佳月にはなく、顔を火照らせたまま仕方なく健吾の腕に縋《すが》るようにして歩いた。

だが、さすがに健吾も今の状態の佳月をパーティに参加させることはせず、妻の具合が悪くなったので、と挨拶だけして会場を後にする。

しっかりと力強い腕に抱えられた佳月だったが、震える足取りで駐車場にたどり着くまでの間に、なんとか身体の興奮は落ち着きかけていた。

しかし車の中で、帰ったら満足させてやると耳元で囁かれ、再び頭をもたげてきてしまった自身に、佳月はひたすら赤面していたのだった。

季節が秋へと移り変わった頃、佳月はすっかりこの生活に慣れてきてしまっていた。

二度ばかり所用があり、組事務所に顔を出すこともあったが、組員たちから姐さんと呼ばれても腹が立たなくなっている。

こんな格好をして、言ってみれば騙しているのはこちらなのだから仕方ないと感じるようになっていた。

おそらくそうした心境の変化は、言い合いをすることはしょっちゅうでも、決して健吾が本心から佳月をないがしろにしたり軽んじているわけではないと、毎日一緒に過ごすうちにわかってきたからだろう。

この日いつものように掃除をしていた佳月は、健吾の書斎の前まできて、ん？　と掃除機を止めた。

今朝は急いで家を出たせいか、健吾は鍵をかけ忘れていたらしく、書斎のドアに隙間ができていたのだ。

佳月としてはどうしても探りたいことなどないから、最近は鍵がかかっているかどうか確かめることさえしていない。

だからもしかすると、これまでにも鍵は開いていたのかもしれなかった。

健吾もふたりで暮らす日々が長くなって、幾分佳月に気を緩めてきたのかもしれない。

「前ほど険悪じゃねぇし。別に……入ってみてもいいよな？　俺の家でもあるわけだし」

単純に、入ったことのない部屋がどんなところなのかという好奇心で、佳月はそっと書斎へと足を踏み入れた。

中はぐるりと天井までの本棚が、どっしりした木製デスクの背後と横に陣取っている。

「うわ。漫画が一冊もねえ。こんな小難しそうなものばっかり読んでるから、眼鏡が必要になるんだ」

重厚でクラシックな雰囲気は、旅行で訪ねた別荘となんとなく似ていた。

どんな本を読んでいるんだろう、と奥に進んだ佳月は、そこでぴたりと足を止めた。

「……これって……」

デスクの正面に当たる部分の壁には、大小さまざまな額縁がかけてあり、そのいずれもに写真が飾られている。

厳しい目つきで髭をたくわえた男性と、柔和で切れ長の瞳をした女性。

そしてその女性に抱かれ、あるいは男性の膝に乗った目のパッチリとした、二歳程度の子供。

間違いなくそれは健吾と、幼い頃に亡くなったという両親だった。

沙月の身代わりになると決まってから、郷島組の先代とその妻はあちこちの組同士の抗争が激しかった時代に殺されたのだと、母親から聞いている。

かつて見合いの席で知らなかったこととはいえ、親の顔が見たいと健吾に言ってしまったことに対して、佳月は罪悪感を覚えていた。

写真の中の健吾の年齢からして、おそらくはこの撮影の直後くらいに亡くなったのだろう。

——親父さんのほうは、健吾にちょっと似てる。男前だけど、厳しそうで。……あ。背景の湖、新婚旅行の別荘じゃねえか。なんかあの場所には思い入れがありそうだったもんな……。この写真のせいだったのか。

健吾は、家庭の味を知っていて失ったなら辛いだろうが、初めから知らないとなにも思わない、と言っていた。

覚えていないほど幼い頃の写真の背景に、健吾は両親への思慕を重ねていたのだろうか。

見ていられなくなって視線を移すとデスクの上に、小さな卓上の額縁を見つけた。

見覚えのある写真の中の姿に、思わず手を伸ばす。

「なっ、なに恥ずかしいことやってんだ、あいつ」

それは結婚式のときの、佳月の写真だったのだ。

赤い唇はへの字に結ばれ、綿帽子の下から上目づかいに、ガンつけてんじゃねぇぞ！

とでも言いたげにこちらを睨んでいる。

――俺のことも。……家族だと思ってくれて、それで写真を飾ってくれてるんだろうか。

佳月はもう一度、壁に飾られた健吾の両親の写真を見た。

――俺と暮らすまで、あいつは写真だけに見守られて……極道の世界で、ずっとひとりで生きてきたんだ。

胸が痛くなってきて、佳月はそっと書斎を出た。

それから小走りで、自室に割り当てられているゲストルームに入る。

「……ま、まあ、あれだ。せっかく貰ったんだし、安いもんじゃねぇし。もったいないから、これからはしておくか」

棚の奥にあった小箱を開け、佳月が取り出したのは結婚指輪だ。

人前に出るとき以外は、失くすかもしれないし第一恥ずかしくていやだ、と仕舞っていたのだが、今は無性にしていたい。

そっと左手の薬指にはめてみると、こそばゆいような照れくささはあるが、ほわんと心が満たされるような不思議な気分になる。

帰宅した健吾が気付いたらなにか言うだろうか。そうしたらどう言い返してやろう、と考えて無意識に表情をほころばせつつ、佳月は夕飯の支度にとりかかる。

今夜は今まで作った中で、健吾が一番気に入ってくれた料理である、オムライスを作ることにした。

前はケチャップでエロめがね、と書いてやったが、今夜はサービスしてハートマークくらい描いてやってもいい。

「いや、それはやりすぎか……せいぜい郷島組の代紋だな」

鼻歌交じりにたまねぎを刻み、佳月は楽しく下ごしらえを終えたのだが。

この日、健吾は帰宅する予定より二時間が経っても、まだ帰ってはこなかった。

――なんか、遅くねぇか。

佳月は不安を紛らわす相手もおらず、やきもきと時計を睨む。

自分しかいないと、この家は無駄に広く感じられた。

――まあ、そういうこともあるよな。サラリーマンじゃねぇんだから。

うんうんと佳月はうなずいてリビングのソファに移動し、今ではすっかり好物となったウバフレーバーの紅茶を飲む。

左手を明かりにかざすとプラチナがきらりと光り、くすぐったいような気持ちがした。

だがさすがにおしとやかに膝をそろえて座ったりはせず、ソファの定位置であぐらをかくのが一番くつろげる姿勢だ。

それから手元の雑誌を眺め、ふと気が付くと時計は二十二時を回っていた。

空腹だし、静かすぎるし、ついろくでもない想像が頭をよぎってしまう。

――まさか。なんかあったんじゃねぇだろうな。

遠くから聞こえてきたパトカーのサイレンにハッと顔を上げ、音が遠ざかっていくとホッと胸を撫で下ろした。

それから立ち上がり、そわそわとリビングを歩き回る。

――……電話してみるか。

思い至って携帯電話を左手に持つものの、じっと見つめたまましばらく佳月は躊躇する。

「べっ、別に！　心配してるわけじゃねぇから！　ただ……そうだ、飯をどうするかって聞かないと」

そうだそうだとうなずいて、佳月は健吾に電話をかけた。

こちらは腹が減っているのだ。健吾がどうするのか聞いて、外で食べてくるならばとっとと食べたいのだから、電話をするのはなにもおかしなことではない。

『俺だ、どうした』

「あ。っ……も、もしもし。……俺、佳月だけど」

健吾が出た瞬間、佳月は慌てた。

電話で話すのは初めてだったせいか、妙に緊張してしまい、声がひっくり返ってしまったからだ。

『ああ。なにかあったのか』

「なにかってわけじゃないけど。その。遅いし……じゃなくて、飯、どうするのかなって。つ、つまりお前の分も作ったけど、俺は待ってたほうがいいのか、食っちまっていいのかとか」

しどろもどろになっている佳月だったが、ふと受話器から漏れ聞こえてくる健吾以外の声に、ピクリと耳が反応した。

『――ですからぁ……健吾さん、早く』

――女？　なんで女！

『ああ、そうか。悪かったな。商談がまとまるのにもう少し時間がかかりそうだ。夕飯は先に済ませてくれ』

「あ、あの。もう少しって、何時ごろ帰る？」

『まだわからん。遅かったら寝ていろ』

健吾が言うと同時に、甲高い女の笑い声が聞こえた。

他にも誰かいるかもしれない。別のことで笑っているのかもしれない。

だが佳月の頭は真っ白になってしまった。

「そ、そうかよ。どうでもいいけどな。……別に急いで帰らなくていいから。ゆっくりして、いっそ泊まってくりゃいいんじゃねえか。い、一泊じゃなくてもいいぞ、一か月でも何年でも帰ってくんな、バカ！」

言って佳月は一方的に電話を切った。

健吾はなにも咎《とが》めるようなことはしていないし、仕事に口を出したりもしたくなかった。

――――でも。電話一本、くれればいいじゃねぇか。そしたら俺だってそのつもりでいるし、好きなもの食ってゆっくり風呂入って……心配なんかしなくて済んだのに。

ついさっきまで健吾の身を案じ、不安で押しつぶされそうになっていたことを思い出すと、悔しくて仕方がない。

「なんだよ、チクショウ。自分ばっか仕事とかいって女と会ったりして。俺なんて食料の買い出し以外、ろくに外出もしてねぇんだぞ」

ガタンと立ち上がった佳月は、勢いのままにエプロンを脱いで放り投げた。

さらにひらひらのワンピースを脱ぎ捨て、ずかずかと洗面所に歩いていって、顔を洗う。

「飲みに行く！」

一声叫んで宣言すると、健吾の一番細身のデニムパンツの裾をロールアップした上に、ベルトで巾着のように絞ってなんとか履き、セーターを頭からかぶる。

それは本来ぴったりとフィットするものだったが、佳月が着るとかなりゆったりしたデザインに見えた。

「やってらんねぇ。要は俺が健吾の嫁だってバレなきゃいいんだろ。息抜きくらいさせろってんだ」

健吾のヘアワックスで適当に髪を整え、ドレッサーの鏡に向き合うと、懐かしい不良少年がそこにいた。

さらには裸足に踵《かかと》の低いミュールをつっかけると、いかにもたちの悪そうなヤンキーの一丁上がりだ。

「あー……なんかすげぇ解放感」

怪訝そうなフロントの前を通り抜け、思わず伸びをしてから路上に出ると、暗くなってきた住宅街をポケットに両手を突っ込み、弾む足取りでカラコロと歩き出す。

が、何気なく髪をかきあげたとき、外灯にきらりと指輪が光った。

途端に佳月の足は重くなり、止まってしまう。

――こうしてる今も、健吾は女と話してるんだろうか。仕事の話だとしても、楽しそうに笑ったりとか。お世辞にその気になったりとか。……もし健吾にその気がなくても、お、女のほうがせまったりとか、あるんじゃねぇのか。

もう一度電話すべきかと思ったが、怒りに任せて出てきてしまったため、携帯電話は置き忘れてきてしまっていた。

この辺りは大きな家が建ち並んでいるが、車がたまに通る程度で人通りは少ない。怒るよりも寂しいような、暗い気持ちになってきた佳月は、深い溜め息をついた。

——やっぱ帰るか。電話あるかもしれねぇし。それに……外で飲むとか、したことねぇもん。

だがせっかく抜け出してきたのだし、近くのコンビニで漫画でも買うかと考えていた佳月は、ほんの十メートルばかり先の電信柱の横に自転車が置いてあり、すぐ横に男が立っていることに気が付いた。

——なにやってんだ、あんなとこで。

あやしいと感じ、さりげなく様子をうかがいながらそちらに向かって歩いていくと、男は電話を手にしていた。

服装はセールスマン風なので、営業の途中なのかもしれない。

しかしすぐ傍を通った瞬間、ちらりとそちらに目を向けた佳月の背に、ざわっと鳥肌が立った。

――あいつだ！

それは先日のパーティで、佳月に馴れ馴れしく近づいてきた男だったのだ。

ノーメイクで男の格好をしているため、相手は佳月と気が付いていないようだ。

不審に思われないよう、佳月は平静を装って男の前を通り過ぎた。

――なんであいつがこんなとこに突っ立ってやがるんだ。……絶対にサイクリングじゃねえだろうし、偶然健吾のマンション近くにいるわけでもないはずだ。

佳月は男の視線が届かない場所までくると、住宅街の中に巡らされた細い私道を走り、男の立っている場所を迂回《うかい》して、マンションへと引き返した。

そこから壁伝いにそろそろと歩いて、男よりもひとつ手前の電信柱の影に身を潜める。

――なにをする気だ。……健吾を待ってるのか。直接会って話さなきゃならねぇことがある……とか？

この道は一方通行だ。健吾の車は間違いなく前方からやってきて、正門から駐車場へと入る。

なんだか嫌な予感がした。

――……バカバカしい。パーティ会場にいたやつなら、健吾の仕事の関係者じゃねえか。それなのになんだ、この胸騒ぎは……。

杞憂《きゆう》だと思おうとした佳月だったが、ハッと顔を強張らせた。

あの男が言っていたことを思い出したからだ。

『もしも未亡人になられたら。そのときは……俺が可愛がってあげますよ』

佳月が未亡人になるということはつまり。

――健吾が死ぬってことじゃねえか。

と、男が携帯電話をポケットにしまった。

そしてなぜか自転車を斜めに、車道に半分ほどが出っ張るように置き直し、自分は電信柱にぴたりと身を寄せる。

なにをするつもりなのかと身構えていた佳月の耳に、曲がり角の先からこちらに向かってくる車の音が聞こえた。

「……っ!」

自転車の前で急停止した車が、見慣れた黒い健吾のものだとわかった瞬間。

佳月は嫌な予感に突き上げられて、緊張に顔を強張らせた。

おそらく通行に邪魔な自転車をどかそうとしてだろう、停止した車の運転席のドアが開く。

――吉野じゃない！

思ったのと同時に佳月は地面を蹴り、駆け出していた。

車から出てきたのは、健吾だったのだ。

その見慣れた長身に向かい、刃物を手にした男が突っ込んでいく姿が、スローモーションのように佳月の目に映る。

刹那、無意識に佳月は男に飛びかかっていた。

「やめろぉ！」

男の背にタックルするようにしてつかんだ腕には、鈍く光る匕首《あいくち》が握られている。

「なんだこのガキゃあ！　離せ！」

サラリーマンの姿と打って変わって、男の口から凶暴な怒声が飛ぶ。

男は必死で腕を振り回すが、佳月は食らいついて離さない。

「うっ！」

反対側の手に髪をつかまれ、さらに腹を蹴られて佳月は転がった。

怒りに顔を赤く染めた男は、改めて健吾に向き直ったのだったが。

ドカッ！　という重い音をさせて健吾の回し蹴りをもろに顔面にくらい、鼻血を噴き出して地面に転がった。

「……野郎、なめた真似しやがって。汚い手で、また佳月に触りやがったな」

健吾は地獄の底から聞こえてくるようなドスの利いた声でつぶやき、氷のように冷たい目で男を見下ろす。

「うご……っ、うおっ」

男はなにか言ったが、鼻がひしゃげてしまっていて、まともな言葉にならない。

健吾は無言のまま、鬼の形相で自転車を抱え上げた。

そして容赦なく、思い切り男の上に自転車を叩きつける。

ぐお、という呻き声を上げたきり男は動かなくなり、佳月はぺたんと地面に座ったままこの様子を眺めていた。

——こ。怖い。俺は……情けねぇけど、誤魔化しようがないくらいに怖がってる。

組員同士の喧嘩はこれまで何度も見てきたし、佳月も喧嘩には慣れている。

しかし、別人のように極道そのものの表情を見せた健吾の姿は、佳月の想像以上に獰猛で攻撃的なものだった。

もっとも、それよりさらに怖かったことがある。

未遂とはいえ、健吾が目の前で殺されそうになったことだ。

「佳月、大丈夫か。怪我は」

表情を緩め、健吾が慌てて駆け寄ってきた途端、佳月の全身から力が抜ける。

「け……健吾……俺……」

理由のわからない涙が、ぼろぼろと零れた。

「どうした、どこか痛むか！　待っていろ、すぐ医者を」

「俺……俺、腰が抜けて……あ、歩けない」

あうあうと泣きながら言うと、ホッと健吾の身体からも力が抜けるのがわかった。

健吾は転がっている佳月のミュールを拾うと携帯電話で組員を招集し、のびている男と自転車の始末、それに車を移動するよう命じる。

そして軽々と佳月の身体を抱え上げ、お姫様抱っこをして自宅へと向かったのだった。


「痛っ……」

「少し染みるが我慢しろ」

健吾は寝室のベッドに座った佳月の前にひざまずくようにして、転がされたときにできた手足の擦り傷を検分していた。

傷口にピンセットでつまんだアルコール綿が触れるたびに、佳月は痛みに顔をしかめるものの、大きな怪我はない。

「……なんで今日に限って、ひとりきりで帰ってくるんだよ。いつもエレベーターまでは、吉野か平松を連れてるじゃねえか」

「あいつらはちょうど、外に飯を食いに行かせていたんだ」

肝を冷やした反動と、泣いてしまった照れくささで佳月が拗ねた口調で言うと、健吾も不貞腐れたように答える。

「今日に限ってというより、俺がひとりで帰宅する日を狙っていたんだろうな。お前がなにか誤解したようだったから、これは面倒なことになると慌てて帰ってきたのが間違いだった」

「べ、別に誤解なんかしてねぇし……てっ、痛ぇって」

「刺されていたら、こんなものじゃ済まなかったんだぞ。どうしてあの男の近くにいたんだ。怪しいと感じたら逃げるべきだろうが」

はあ？　と佳月は唇を捻じ曲げる。

「この前のパーティであいつを見たんだよ。それがあんなとこにいるから……怪しいと思ったからこそ様子をうかがってたんじゃねぇか」

「そういう場合、今後はなにより先にまず俺に連絡を入れろ。動くのはそれからだ」

健吾は消毒薬の蓋《ふた》を閉め、自分が痛むかのように顔をしかめる。

「あれはおそらく例の、仇討一家の残党だろう。パーティのときから隙をうかがい、俺を付け狙っていたんだろうな」

「会場に潜り込んでたってのか？」

「厨房《ちゅうぼう》や業者の運搬口から関係者を装って入れば、絶対に不可能とは言い切れん」

「言い切れん、じゃねぇよ！　な、なんとか対策とらねぇと。またなにかあったら」

「俺は体術の心得があると言っただろうが。あんなチンピラは敵じゃない。むしろ問題はお前だ」

「なっ、なんだよ、俺だって！　喧嘩の経験はすげぇ豊富で……」

言いかけて佳月は言葉を飲んだ。

ふいに健吾がピンセットを取り落し、両手で佳月の膝を抱き締めたからだ。

「……な……なに」

「約束しろ、佳月」

ひたと健吾の目が、佳月を見据える。

「あんな無謀な真似は二度とするな。お前がまた傷つけられたりしたら、俺は」

健吾は深い溜め息をつき、しばらくそのままの姿勢でいた。

佳月は息を潜めてそんな健吾を見つめ、健吾の腕にそっと手を置く。と、健吾はその指を見て、次に視線を佳月に移した。

「あ……そ、それはその。なんとなく、してみた」

佳月は健吾がじっと見ていたものが、薬指の指輪だと気が付いてさらにうろたえる。

「佳月……」

真っ赤になっているであろう佳月に、健吾は小さく笑いかけて立ち上がり、そっとベッドの上に押し倒してきた。

「お前に何かあったら、俺はビジネスとしての組の経営も、組織の運営も、なにもかも放り出して相手を血祭りにするだろう。誰であろうが、それが組の崩壊に繋がろうが、なにも考えられなくなる」

「け、健吾」

真摯な目と告白に、佳月は胸をつかれる。

多少は互いの距離が縮まってきたのは感じていたが、そこまで想ってくれているとは考えてもみなかったのだ。

「お前が庇《かば》ってくれたことは嬉しかった。だが俺のせいでお前になにかあったらと考えると、背筋が凍りそうだ」

覆いかぶさる健吾にきつく抱きしめられ、佳月はその力強さとぬくもりに、くらくらと眩暈を起こしそうになる。

「……俺もだ。……俺も、怖かった」

か細く上ずった声で言うと、唇が唇でふさがれる。

想いの通じ合った上でのくちづけは、ひどく甘い。

そうしながら健吾は佳月のベルトをはずし、ニットをまくり上げてくる。

「んん……っ、は、……っ、あ。ま、待って」

佳月は顔を横に向け、眉を寄せた。

「どうした。傷に触れたか」

「違う。な、なあ、健吾」

火照った顔で、息を弾ませて佳月は言う。

「今、俺……こんな格好で、頭もボサボサで……いいのかよ、こんなので」

女装をさせられることにあれだけ抵抗があり、怒ってばかりいたというのに、今の佳月は自分が男の姿をしていることに不安を感じていた。

髪はひどく乱れているし、口紅ひとつつけていない。ニットは転んだときに汚れ、デニムは巾着状態だ。

倒錯的な魅力もなければ美的な部分もない、単なるその辺の悪ガキに、果たして健吾はその気になるのだろうか、と佳月は心配になったのだが。

「あれはあれで目の保養になるが」

健吾は佳月の耳を、甘噛みしながら囁く。

「……ベッドでは、むしろこっちのほうがいい」

「あ……っ」

健吾の手がするりとニットを脱がせ、ゆるゆるのデニムは下着ごと簡単に取り払われる。

あっという間に生まれたままの姿にされて、佳月はぶるっと震えた。

健吾は自分の着衣ももどかしげに脱ぎ、現れた引き締まった肢体に佳月はドキドキしてしまう。

早く触れて欲しくてたまらない。こんなふうに思ったのは初めてのことだった。

「待って。俺……っあ、はあっ」

不思議なもので、男の姿で抱かれるとなるとこれはこれで恥ずかしい。

いつもは女装している分、どこか自分ではないような感覚があった。

けれど今は正真正銘、普段の素のままの佳月を晒け出しているせいかもしれない。

「健、吾。んっ、ん……や、ああっ」

素肌を撫で上げられ、胸の突起に健吾の唇が触れる。

もう片方は指できゅうと摘まれ、ぴりっと痺れるような痛みが走った。

「っあ！　あ、あっ、いや」

どうしたわけか、いつもの何倍も身体が過敏になっていた。

健吾の舌や指の動きに大げさなくらい反応してしまい、佳月はうろたえる。

「んあ……っ、待って、俺……お、おかしい」

「胸でこんなに感じるようになったのか。……気持ちいいか？」

「いっ、や……あ、ああ」

すでにぷっくりと固く膨れた部分を舌先が刺激し、指の腹が強く優しくこする。

「んううっ、っあ」

強く吸われて、乳首がジンと甘く痛んだ。

「やっ、あ、もうそこ……っ」

どうして、と健吾はからかうように言い、さらに胸の突起を弄り続ける。

「気持ちいいんだろう。だったらどうしてやめてほしいんだ」

「いやっ、あ……んっ」

佳月の目に涙が滲む。実は胸への刺激だけで、自身が硬度を持ってしまっていたのだ。

それがバレないように、佳月は身をよじる。

「なあ、佳月」

健吾は優しく言った。

「まさかここを弄るだけで、勃ったりしていないよな？」

ボッ、と顔から火が出そうに佳月は感じた。おそらくとっくにバレていたのだ。

「やっ、やめ……触るなっ、あっ！」

「すごいな、こんなにして」

「あ、あ……っ、はあ、んっ」

恥ずかしくてたまらないのに、佳月の声は甘く鼻から抜ける。

健吾は人差し指と中指で挟むようにして、佳月のものをゆっくりと撫でた。

そうしながらもう片方の手を、佳月の脇腹に滑らせる。

「っく……あっ、や……っ」

「ここ。痣《あざ》になっちまってるな」

男に蹴られたところを愛撫するように、健吾はそっと指先で触れてきた。

それからつと手を伸ばして、サイドテーブルのチューブを手にする。

見慣れた潤滑剤の容器に、これからなにをされるか悟った佳月の奥が熱くなった。

「け、健吾……っ、駄目だ、もう」

佳月自身は擦られただけで、今にも達しそうになってしまっている。

「……本当だ。我慢のきかない身体だな、こんなに溢《あふ》れさせて」

いやらしいなと言われて、佳月は羞恥でどうにかなってしまいそうだった。

「もう少し可愛らしく悶えているのを見ていたいが。俺もそろそろ限界だ」

健吾は恥ずかしがる佳月の両足を、容赦なく大きく広げ、抱え上げた。

「っあ！」

手のひらで温められたジェルが、ねっとりと佳月の足の間に塗り込められる。

「は……っ、あ、はあっ……」

下腹部が濡らされる感触に、それだけで佳月は達してしまいそうだった。

「んうっ、うーっ！」

ぬめりを帯びた指が入ってきて、佳月は背を反らせる。

ちゅ、くちゅ、という濡れた音を立てて内部を解しながら、健吾は佳月の前にもう一度触れてきた。

「ッダメ、も、もう、俺」

ひう、と佳月の喉が鳴り、限界をむかえた自身から白いものが放たれたそのとき。

「っやあああ!」

達している最中の身体に、健吾の猛ったものが突き入ってきた。

「ひっ、ああっ! 待っ、待って俺……ああぁ!」

いった直後だというのに、連続して達したかのように佳月の頭の中が白く光った。

腰が痙攣して、意識が飛びそうになる。

「や、あ……っ、け、健吾……っ」

「ドライでいったのか。……こんなに震えて、怖かったか?」

確かに佳月は、敏感すぎる自分の身体の反応に怯えてしまっていた。

健吾のわずかな動きにも身体がいちいちビクッと跳ね、そのせいで体内の健吾の存在を何倍にも強烈に感じてしまう。

健吾はしがみつく佳月の身体を、しっかりと抱きしめ返してきた。

「あ、ああ……や、ん」

よしよしとあやすように頭を撫でられ、瞼《まぶた》や頬にくちづけられても、佳月はもうバカにされているとは思わなかった。

恍惚《こうこつ》となって身を委ねると、健吾の動きはことさら優しくなる。

「っん……んう、っあ」

「もう二度と、誰にもお前を傷つけさせたりしない。佳月……だから」

健吾はそこで一度口を閉ざし、佳月の体内に自分を刻み付けるかのように、ゆっくりと深く腰を使った。

「――――っ、ひ、う……っ」

とろけてしまいそうな快感に、佳月の目から涙が零れる。

「形だけでも。組のためでもいい。俺の傍に……一生、いてくれ」

今にも意識が飛んでしまいそうになりながら、佳月は必死に口を開いた。

「や、やだ……っ、そんな」

震える手で、健吾の頭を抱き寄せる。

「形だけじゃ、……嫌だ。俺は、お前の」

嫁だから、とはどうしても佳月には言えなかった。

その代わりに佳月は初めて、日頃は鋭い瞳を驚きに丸くしている健吾に、自分から唇を寄せたのだった。

「……なあ。さっきの男、どうなったのかな」

身体を綺麗にしてもらい、ぐったりとした身体を横たえた佳月は、腕枕をして慈しむような目をこちらに向けている健吾に尋ねる。

健吾は先刻、男に反撃に出たときとは別人のような、くつろいだ様子になっていた。

「とりあえず、やつの背後を洗う。俺がひとりと判断して待ち伏せていたということは、出先に俺を監視していた人間が少なくとも他に一人は存在するということだ」

「そ、そうか。根こそぎ見つけねぇとまだ危険ってことか。じゃあそれまでは」

「ああ。始末の付け方は尋問して吐かせてから判断する」

「拷問とか、指詰めさせたりとかすんのか？」

健吾の命を狙ったのだから仕方ないとはいえ、気が重くなりつつ尋ねると健吾は苦笑した。

「汚い指をもらったところで、なんの得にもならんだろう。損か得か、有効な使い道はなにか。組の運営はいきがるよりも利益が最重要だ」

「でもそれじゃ、全然極道っぽくない……」

拍子抜けした気分でつぶやくと、健吾は佳月の髪を撫でる。

「お前の母親が言ってた意味が、今ならよくわかる」

「え？　母さんがなんか言ったのかよ？」

「ああ。挙式の前に、一度事務所のほうに訪ねてきた」

「はあ？　なんだそれ、いつの間にそんな」

初めて聞く話にびっくりしている佳月に、健吾はとんでもない事実を告げた。

「お前の母親も沙月さんも、心配でどうしようもなかったようだ。無理もないが」

「なっ、なんだよ、それ。ガキじゃねえし、俺が決めたことなのに」

食って掛かる佳月に、健吾は淡々と続ける。

「だが、俺の元に来ることに反対はしていなかった。むしろ佳月みたいに無邪気で単純で、任侠道が今も通用すると思ってるようなのが組を継いだら、三日で騙し打ちにあって殺されるだろうとな」

「――――え……」

「俺もそう思う。だから里海の家は納得ずくで、四代目になるはずのお前を俺に託したんだ」

佳月はまじまじと、至近距離にある整った健吾の顔を見つめる。

初めて知らされた事実に怒るべきなのか受け入れるべきなのか、よくわからなかったのだ。

混乱している佳月を、健吾もまたひたと見据える。

「経緯はともかく、俺はお前を手放す気はない。それじゃ駄目か、佳月」

思わず佳月は、ぶんぶんと首を振った。

「駄目じゃねえ。でも、本当にそれでいいのかよ。なんていうか、成り行きで……組同士のためってだけでこうなって……つまり先々、女と恋愛するとか。子供が欲しくなるとか、あるかもしれねぇだろ」

口ごもりながら言うと、まあな、とあっさり健吾は言う。

「確かに最初は、成り行きとしか言いようがない始まりだった。それは佳月だってそうだろう」

認めたくないが事実なので、佳月は弱々しく返事をした。

「う、うん。だって俺の場合、姉ちゃんを助けたかったし。父さんと組のこともあったからな」

「こっちも商売を有益にすすめるついでに身を固めたという体裁を整えつつ、オモチャを手に入れた程度の感覚だった。クソ生意気で世間知らずで、一丁前に極道ぶってるガキをいたぶって遊ぶのは、さぞ楽しいだろうと思っていたんだが」

むっと膨れている佳月の頬を、健吾の指がむにっと押した。

「惚れちまってドツボにはまった。責任を取れ」

その言葉聞いた瞬間、佳月は始まりが組同士の都合だったことも、母親が自分を四代目にしたくないと思っていたことも、どうでもよくなっている自分に気付いていた。

経緯がどうであろうと今の自分には里海組より、もっと守りたいものができている。

無理だ無謀だと言われようが、余計なお世話と思われようが構わない。

佳月は今、誰よりも健吾を守りたかった。

ずっと一番近くにいるためにハイヒールやふりふりのワンピースが必要なら、武装と思っていくらでも着てやろう。

「……ったく、しょーがねぇな」

佳月は上目づかいに健吾を眺め、顔が赤くなるのを自覚しながら言い放つ。

「俺も男だ、責任は取る。……一生傍にいて味噌汁作ってやるから、きっちり食えよ」

照れ隠しでぶっきらぼうに言い、恥ずかしさで横を向いた佳月の顔を、ぐいと健吾は自分のほうへ向けた。

そっと触れるだけの甘いくちづけを交わした後、健吾は囁く。

「光栄だが、味噌汁だけじゃ不満だな」

「……な、なんだっていいけど。健吾が食いたいものなら」

だったら、と健吾はもう一度キスをしようと顔を寄せてくる。

「お前が一番食いたい」

一生はさすがに無理じゃねえか、と言いかけた唇が、唇で塞がれる。

自分が与えられるものなら、料理でもくちづけでもなんでもいい。

一緒に食事をする楽しさも、ベッドで共有する快感も、これから生きていく自分の時間
すべてをどうか貰って欲しいと感じながら、佳月は健吾の背に細い腕を回したのだった。

MARRIED LIFE WITHOUT HONOR AND HUMANITY

自覚なき熱愛宣言

「おい、いつまで笑ってんだよ。いい加減にしねぇと怒るからなっ」

土曜日の午後。

この日郷島《ごうじま》家のキッチンには、突然の訪問客がいた。

佳月《かつき》が退いた後、里海《さとみ》組の次期四代目組長の第一候補になっている、弟の亜月《あつき》だ。

佳月はお茶の支度をしながら、ずっとくすくす笑っている亜月を軽く睨《にら》む。

「か、可愛《かわい》い……」

「ああん?」

「睨まれてもチワワに威嚇《いかく》されてるみたいで」

「うるせぇ！　来るなら来ると連絡してくればいいだろうが。いきなり押しかけてきやがって」

ただでさえ羞恥《しゅうち》でのぼせている佳月の頭に、カッと血が上る。

事前に知っていれば健吾《けんご》に頼んで服を貸してもらうこともできたが、亜月が今から行くから、と連絡してきたのはマンションの前からだったのだ。

「俺だって来るつもりなかったけど。たまたま遊びに行った友達の家が近くだったから、ついでに様子みてみようって。でも正解だったな」

ふふ、と亜月は堪え切れないというように笑いを漏《も》らす。

「連絡してたらその格好、してなかっただろうから」

てめえ！　と弟を睨む佳月だったが、反面、怒っても無駄だろうという気持ちもあった。なにしろフェミニンなワンピースに白いフリルのエプロンという出《い》で立ちでは、凄《すご》んでもさまにならない。

亜月はタイトなカーゴパンツのボトムにショートコートを羽織っていて、制服でいるときよりずっと垢《あか》抜けて見える。

癪《しゃく》に触ることにいつの間にか、身長は佳月より幾分大きかった。

「好きで女装してるわけじゃねぇんだから、仕方ねぇだろうが」

「わかってるよ。ただ、あんまり似合うから」

「ああもう、うるせぇ。慣れちまえばどうってことなくなるんだよこんなもん」

ちっ、とティーポットを熱湯で温めながら舌打ちをする。

「そんなこと言われてもこっちはまだまだ慣れないよ。首にタオル巻いて焼きそば作ってた兄さんが、ふりふりエプロンで基本に忠実に紅茶を淹《い》れてるんだから。幻覚っていうかまるで白昼夢」

言いながら亜月はシンクの前に立っている佳月に背後から腕を回し、ぺたりと胸に手を当てた。

端から見れば人妻に抱きつく危ない高校生だろうが、実際には兄と弟のじゃれ合いなのでなんの問題もない。

しかし正直なところ、ほんのわずかだが佳月側には問題があった。

散々健吾に開発されたため、布に胸の突起がこすれると、妙な感覚が走ってしまうのだ。それを誤魔化すように佳月は叱責《しっせき》する。

「なっ、なにやってんだ、俺の胸なんか触って面白いか？」

「あんまり似合うからついてるように錯覚したけど、やっぱりぺったんこだね。これって人前に出るときはどうするの？　貧乳にしてもなさすぎでしょ」

「あってたまるか。まあドレスを着なきゃならねぇときは、一応、ブラにパットを入れて……こら笑うな、危ないから離せって」

くっ、くっ、と抑えきれない笑いが、亜月とくっついている佳月の背中に響く。

「すごいよ兄さん、ある意味勇者だ。俺だったら組のためとはいえ、絶対にそこまでできない」

「るせえ。亜月だって結構似合いそうなツラしてるぞ」

「無理無理無理、俺はこう見えて身体《からだ》鍛えてるし、骨格もしっかりしてるから」

言って亜月は、佳月のうなじに顔を寄せた。

「なんかいい匂い。兄さん、人妻の色気が出てきたんじゃない？」

ああもう、と佳月は身体をよじって、まとわりつく亜月を振り払う。

「お前、邪魔だからリビングでおとなしく待ってろ」

「えー。やだよ、せっかく兄さんの新妻姿が拝めるのにもったいない」

「だったら手伝え。そこのカップ、トレイに乗せてくれ」

「これ？　へえ、ロイヤルコペンハーゲンじゃない。いい食器使ってるんだ」

ようやく張り付いていた背中から離れ、カップの裏側を仔細《しさい》に検分する亜月に、佳月は顔をしかめた。

「はあ？　知らねぇよ」

「猫に小判、豚に真珠、兄さんにインポートブランドだね」

亜月は楽しくてたまらないらしく、玄関に迎え入れてからずっとこの調子だ。

「お前そろそろコートくらい脱げよ。玄関とこにハンガーあったのわかるだろ。ついでに洗面所で手ぇ洗ってこい」

「ハイハイわかりましたよ、奥さん」

「てめぇ、ぶっ飛ばすぞ」

からかわれてばかりだったが、佳月は口に出しているほど怒ってはいなかった。

なんだかんだ言いつつも亜月は可愛い弟だったし、兄弟仲は幼い頃から良好だ。

今でこそ口が達者で頭脳明晰《めいせき》な亜月だが子供の頃は、にーたんにーたんと佳月にべったり甘えていたものだ。

世話好きの佳月も自分に懐く弟を存分に可愛がったため、言い合いもスキンシップの一環という感覚しかない。

しばらくして戻ってきた亜月は、改めて佳月の上から下までをじっくりと眺めた。

「でもまさか、兄さんがその格好で迎えてくれるとは思わなかったな」

「急な来客や外出の場合もあるとか言って、いつもこうなんだよ。まああれだ。常に出動態勢で待機してる消防士の制服と思ってくれ」

「ごめん、思えない」

言いながらふたりは、それぞれがティーポットとカップを乗せたトレイを持ち、リビングへと運ぶ。

「好きなとこに座ってろ。すぐ健吾を連れてくる」

亜月に言うと、涼しげな目元がわずかに見開かれた。

「……兄さん、健吾さんのこともしかして、下の名前で呼んでるの？」

「え。あ、ああ、まあな。なんか変か」

焦って聞くと、別に、と亜月は首を横に振る。

「ただ、前は険悪っぽかったのに、それなりに仲良くできてるのかなと」

「そりゃ……一緒に暮らしてるわけだから、多少はな」

言って佳月は、慌てて廊下に出た。

なんとなく自分の顔が赤くなってきたのがわかったからだ。

──ま、まずいわけじゃねぇよな。……うん。だって俺と健吾の仲が上手《うま》くいってるってことは、里海組のためにもなることなんだし。

そう自分で自分を納得させて、佳月はリビングを出たのだった。


この日健吾は、午後から会合に出掛けるとのことで、寝室で支度をしていた。

ドアを開くと、部屋着から外出着に着替えかけの状態で、健吾はなにやら書類と睨めっこをしている。

「お茶入ったけど。飲む時間、あるか」

声をかけると、健吾は書類から視線をはずした。

「ああ、そのつもりで支度《したく》を急いだ。お前の大事な客だからな」

「突然で悪いな、忙しいのに」

「いや、俺にとっても亜月くんは義弟だ」

言われてみれば、と思いながら佳月がリビングに戻ると、サッと亜月は立ち上がった。

「ご無沙汰《ぶさた》しております、里海亜月です。……健吾義兄《にい》さんとお呼びしてよろしいでしょうか」

上司に接したビジネスマンのように、ピシっと背筋を伸ばしたまま頭を下げる亜月を、佳月は唖然《あぜん》として眺めた。

「ああ、好きにするといい。結婚式以来だな。……堅苦しい挨拶《あいさつ》はいらない。楽にしてくれ」

健吾がソファに腰を下ろして苦笑すると、亜月は顔を上げた。

「ありがとうございます。急にお邪魔して申し訳ありません。近くまで来たので、兄がいろいろご迷惑をかけているのではないかと思うと気になって」

「まあ、確かにまったく迷惑をかけていないとは言い切れんな」

「おいそれはねぇだろ！」

言いつつも、ぎくしゃくした空気が和んだ気がして、佳月はホッと息をついた。

各々のカップに紅茶を注ぐと、自分も健吾の隣に座る。

そうして正面に座って紅茶を口にする亜月を改めて見ていると、やはりどこか面差しがおとなっぽくなった気がした。

「お前って、来年受験だっけ？　進路は決めてるのか」

「うん。関央《かんおう》大の経済学部が第一志望」

思わず佳月は、うえっという顔をした。

「やっぱ大学行くのか。十二年も学校行って、高い金払ってまだ行くって意味わかんねぇ」

「そりゃあ兄さんみたいにお嫁さんに行くのが将来の夢なら、そうだろうけど」

「俺は生まれてこのかたそんな夢、一分たりとも見た覚えはねぇよ！」

キャンキャンと吠え立てる佳月の隣で、落ち着いた声で健吾が言う。

「関央大の経済か。なかなかいい選択だな。組をまとめる立場になるなら、経営に携わることもあるだろう。勉強しておいて損はない」

「はい。今の世の中、腕力でできることはあまりにも少ないですから」

「里海の組長からのご指導もあるだろうが、知りたいことがあればいつでも事務所のほうにくるといい。大学では学べない経済の裏側を教えてやれる」

「ありがとうございます。父もうちの幹部連中も昔気質なものですから、俺としては歯がゆくて」

なんだこいつら、と蚊帳《かや》の外に置かれた気分で話を聞いていた佳月は、ふたりの雰囲気がどことなく似通っていることに気が付いた。

もちろん年齢差が大きいこともあり、貫禄も風格も、健吾のほうがずっと勝っているのだが。

どちらも知的な顔立ちで態度物腰も品があるものの、その目には『悪』に染まる覚悟を決めたような、一般人には持ちえない暗い光を秘めていると思えて仕方ない。

健吾はまだしも、高校生の弟がにわかに心配になってきて、佳月は身を乗り出した。

「な、なあ。あんまりその、善良な庶民から巻き上げる商売はしないでおけよ」

亜月への言葉だったが、横から健吾が答える。

「心配するな。前提として善良な庶民からはたいした稼ぎは期待できん。必然的に、善良でも堅気でもない相手から巻き上げている」

「かもしんねぇけど……亜月はまだ学生なわけだし」

佳月は不安な気持ちを抑えきれず、なおも大事な弟に言う。

「無理にどうしても組を継がなくたっていいんだぞ。他になんかやりたいことないのか？堅気になりてぇなら、俺が父さんに言ってやるし」

けれど亜月はこちらの心配をよそに、優雅な手つきで華奢《きゃしゃ》なカップを口に運んだ。

「なに見当違いの心配してんの、兄さん。むしろ俺は組員を使っての商売が楽しみなくらいだよ。俺のことより、たまには里帰りしてやれば。母さんが心配してるから」

「そっ、そっちこそ見当違いな心配だってんだよ。だいたい引っ越してから、まだ半年も経ってないじゃねぇか。電話もしてるし」

「まあ正直、俺も驚いてるけどね」

亜月はカップを置き、片付いたリビングを見回しながら、健吾と佳月を交互に見て小さく笑った。

「こんなふうに仲良さげに同居してるとは、思ってもみなかった。健吾義兄さんには失礼ですけど、雑用係としてこき使われてるか、存在しないものとして無視し合っていると思ってましたから」

「……なんで仲良さげだなんて思うんだ」

亜月が訪ねてきてから、まだろくに健吾と佳月はしゃべっていない。

どれだけ鋭いんだと佳月は内心舌を巻いた。

「部屋を見てればわかるよ。まめに手料理作ってるっぽいキッチンとか、歯ブラシがくっついて並んでる洗面所とか」

それに、と亜月は探るような目で佳月を見る。

「さりげなく並んで座って、妙にしっくりしてるっていうか。……意外だった」

――そ、そうか。言われてみりゃそうだよな。なんか俺、当たり前みたいに夫婦として亜月を迎え入れた気がするけど……こいつにとっちゃ、俺と健吾は単なる同業の男同士なわけだし。俺って里海の家にいた頃は、健吾をボロクソに言ってたしな。

どんな態度をとればいいのだろう、と佳月は焦《あせ》り始めていたが、健吾は苦笑していた。

「おかげさまで、夫婦関係は良好だ。俺としても嬉《うれ》しい誤算だったがな」

「ちょっ、なに言ってんだもう。そ、それよりお茶、お代わりいるか？」

冗談めかしているが、際どい健吾のセリフにさらに慌てる佳月に、亜月はいぶかしげに眉《まゆ》を顰《ひそ》めて言う。

「……もうひとつ驚いたことがあるんだけど」

「あ？　なんだよ」

「兄さん、すごく雰囲気が変わったよね。もちろん、服のせいもあるけどそれだけじゃないっていうか……。ガサツさが薄くなったっていうか。結構、健吾義兄さんに合わせて無理してるんじゃないの？」

はあ？　と佳月はわけがわからなかったが、健吾のほうは興味を持ったらしい。

「ほう。亜月くんがどんな点でそう思ったのか、ぜひ教えて欲しいな」

「いや全然、無理なんてしてねぇし。なに言っ……」

佳月が否定するのを遮り、たとえば、と亜月は説明しだす。

「兄さんはお茶といえば緑茶と和菓子でしょ。それも渋くて濃いやつ。紅茶なんて飲んでるの見たことなかったのに」

「そうなのか、佳月」

健吾に聞かれて、佳月は認める。

「まあな。だから言っただろ、湯呑《ゆのみ》と急須が欲しいって」

「そういえばそうだったな。……幹部のひとりに実家で知覧茶《ちらんちゃ》を栽培しているやつがいる。送ってもらうか」

やったと喜ぶ佳月を横目に、亜月はさらに続ける。

「この感じだともしかして、兄さんが気を遣って合わせるばっかりで、兄さんの好物とか趣味とかなんにも知らないんじゃないですか、健吾義兄さん」

あくまでも声音は落ち着いているか、どこか挑戦的な口調に、健吾はわずかに片方の眉を上げた。

「いや、それなりに理解はしているつもりだが。好物は粉もの、酒は下戸《げこ》、趣味は漫画雑誌……違うか」

「なるほど。不正解ではないですが、完全とは言い難いですね」

得意そうに亜月は言う。

「好物は他に、甘いものです。特に舟丸《ふなまる》の栗蒸し羊羹《ようかん》とクリームあんみつ。漫画はスポ根、ヤンキー漫画、それと仁侠映画の鑑賞」

「ああ、羊羹のことは聞いていた。だが最近では洋菓子も好んで食べているし、映画も禁酒法時代のギャングものが気に入ったようだ。あまりなにかひとつに固執する性格ではないようだが」

「そりゃあ好みの幅は広がるでしょうけど、根っこは変わりませんよ。兄さんのことなら、俺は全部わかってます。クセとかも把握してますし」

「まあクセなんてものは、一週間も一緒にいればわかるが」

「ですよね、失礼しました。でも、あくまでも形だけとはいえ夫婦のふりが必要でしょうから。お芝居をする上で、俺の情報がなにかのお役に立つこともあるかもしれませんし」

佳月はなにが始まったのか理解できず、眉間にしわを寄せて双方の顔を交互に見た。

どちらの表情も声も穏やかだし、冷静そのものに見えるのだが、ハラハラしてしまうのはなぜなのか。

ふたりの間に、目には見えない火花が散っているように感じていた。

「そうだ気を付けて欲しいのはスポーツ観戦です。夜に格闘技系を見ると、兄は興奮して眠れなくなるので、録画して昼にでも見るように指導してください」

「バッ、お前、なにを余計なことを」

「それは知らなかったな。注意しておこう」

「同様に、楽しみなイベントがあると前日の兄は眠れません。遠足の前の晩はいつもそれで、寝坊するわ間に合わないと泣くわで大変だったので」

さすがに過去が絡んだ話を持ち出されると、健吾も聞き役に回るしかない。

「それに金槌《かなづち》で泳げませんから、旅行先に海はやめたほうがいいかもです」

「そうなのか？　先日、海に行きたいようなことを言っていたが」

「波打ち際かせいぜい浅瀬で遊ぶくらいですよ。浮き輪があれば別ですが」

「もういいから黙ってろって」

「いや、俺は聞きたい」

延々と暴露される自分の恥ずかしい話に、うう、と佳月は赤くなって俯《うつむ》く。

と、自宅の電話のベルが鳴り、救いの神とばかり佳月は顔を上げた。

かかってくるほとんどが健吾宛てのものであり、佳月が長く話すと地声が出て不都合だったため、在宅中は健吾が必ず電話に出る。

失礼、と健吾は立ち上がり、書斎の子機で電話を受けた。

ほう、と佳月は溜め息をつく。

「なにつまんねぇことべらべらしゃべってんだよ、お前！　俺に恥かかせて面白がってんだろ」

「やだなあ兄さん。いつまでかはわからないけど同居するんだから、どんな性格なのかちゃんと話しておいたほうが暮らしやすいでしょ」

「そんなことしなくても、それなりに暮らしてるっての。羊羹が食いたきゃ食うし」

「だってさ」

亜月は健吾が向かった書斎のほうを、ちらりと冷たい目で見てから言った。

「あの人、たった五か月程度で兄さんのことわかったつもりになってるみたいだから、なんだか鼻についいたんだよ」

「それは、でも……」

わかったつもり、という言葉がひっかかり、佳月はどうしても健吾を庇《かば》いたくなる。

「お、俺だって、まだ健吾のことを全部わかってるわけじゃない。だけどきっとそれは、これから一緒にいるうちにわかっていくことだと思うんだ。言葉での説明じゃなくて……自然に無理なく馴染《なじ》んでいくように。……お互いに、そのほうがいい気がするから」

一言ずつ自分の気持ちを噛《か》みしめるように言うと、亜月は返事をせずに押し黙った。

そして佳月の目の中を、覗《のぞ》き込むようにして見つめてくる。

「……やっぱり変わった、兄さん」

「ああ？　お前が変わったんじゃないか？　変なことばっか言いやがって」

「そうじゃなくて、なんていうか」

しばらく亜月は、首を傾《かし》げて佳月を眺めていたが、まあいいやと小さな溜め息をついた。

「とりあえず元気でやってるみたいだし、辛《つら》そうにしてるよりは、楽しく暮らせてるなら母さんも安心するし。それに奥さんのふりなんて、どのみち長続きはしないでしょ。いずれ別居って形で帰ってくればいいよ」

「え。い、いや、それは」

わかんねぇけど、とくちごもる佳月の言葉を遮るように、ことさら明るい口調で亜月は言う。

「まあなんにせよ、こんな広くて豪華な部屋に無料で居候《いそうろう》できるっていうのは、なかなかできない体験だしね」

「広さじゃ負けないだろうけど、確かにうちはどこもかしこも古かったからなあ」

懐かしい実家を思い出し、佳月はうなずく。

とても広かったし、木材も高級なものを使った立派な日本家屋だったのだが、何しろ築年数が五十年近かった。

隙間《すきま》風は防ぎようがなく、長い縁側は歩くとぎしぎし音がしたものだ。

家具も桐の重厚なものばかりだったが、年代ものの掛け軸やぼんやりした明かりのせいで、幼少の頃は深夜に目が覚めると怖かった。

それに比べると、この部屋はすべてが近代的で洗練されている。

最初はそれを冷たく感じて心もとない気がしたが、今ではすっかり自分の家と思えるようになっていた。

「そうだ、兄さんの部屋って見せてもらえる？　結構広いの？」

「ああいいぜ、こっち」

佳月は軽い気持ちでうなずいて立ち上がり、亜月を案内する。

「なんかゲストルームってのだったらしいけど、それでも中を歩き回れるくらいでかい洋服のロッカーがついてんだよ。あるのは女の服ばっかかなんだけどな」

「ほんとだ、ウォークインクローゼットがある……けど」

亜月は部屋に入った途端、不審そうに周りを見回した。

室内には、漫画が乱雑に積んであるのを見かねた健吾が購入した本棚と、それを読むためのリクライニングチェア、菓子類や飲み物を置く小さなローテーブルしか置いていない。

もともと佳月はひとりきりで部屋にこもるのは好きでなく、テレビや映画を観るにしてもリビングを利用していた。

もちろん勉強などしないからデスクもない。たまに料理のレシピをメモすることもあるが、それもリビングかダイニングテーブルを使う。

それになにか問題でもあるのだろうか、と亜月の反応を不思議に思っていると、敏《さと》い弟はずばりと言った。

「兄さんのベッドは？」

「――――え？」

ドキーン、と佳月の心臓が大きく跳ねる。

「どこで寝てるの？　寝室？」

「あ、ああ、そ、そう。そのつまり、寝室にベッドが……当たり前だけど健吾のと、俺のと、じゅっ、十メートルくらい離して置いてあって」

「なんで嘘《うそ》つくの」

亜月は凍り付いたような表情で、すたすたと部屋を出て行く。

そして書斎のドア越しに、電話で話す健吾の声が聞こえてくるのを確認すると、もうひとつのドアに歩み寄った。

「こっちが寝室だよね」

「待て、亜月。そこはあれだ、私的なプライバシーが個人情報でつまりその」

慌てて引き止めようとする佳月を後目に、亜月は少しだけドアを開く。

そして室内にダブルのベッドがひとつだけしかないと確認して、すぐに静かにドアを閉めた。

「兄さん。あの人と寝てるのか」

「……あ……それは……だな」

ガッ、といきなり肩をつかまれて佳月はビクッとする。

「俺が言ってる意味わかる？　男と……郷島組の若頭とセックスしてるのか、って聞いてるんだよ」

顔を近づけ囁《ささや》くように言う亜月は、決して声を荒らげているわけではない。

ただ妙に迫力のある刺すような目の光が、どこか健吾を彷彿《ほうふつ》とさせた。

——ど、どうする。そりゃ他のガキとは亜月は肝の座り方もオツムの出来も違うけど。

だからって健全な青少年に、あんなことやこんなことしてるなんて言えねぇ！

あくまでも兄として対処を焦る佳月の胸の内を、すべてわかっているかのように亜月は言う。

「まさか兄さん、俺がガキだから言えないなんて思ってないよね」

「そ、そんなこと……あるか。ただそんなのは、いくら弟にだって言うことじゃねぇだろ。俺の個人的な問題で」

「弟に言えないようなことしてるわけ」

肩をつかまれた手に力が入り、佳月は顔をしかめる。

あまり騒ぐと健吾に聞こえると思い、佳月は小声で言い返した。

「なにをそんなに怒ってるんだよ。どうだっていいことだろうが」

「答えないつもりなんだ」

いいけどね、と亜月はようやく肩から手を離す。

「だって言わなくてもわかったから」

「……なにをだよ」

バレた際の対応をまったく考えておらずびくびくしている佳月に、亜月は初めて見せるような暗い目をして言う。

「さっきも言っただろ。兄さんの雰囲気がすごく変わったって。これで合点《がてん》がいった」

「変わってねぇよ、俺はなにも」

「肌がなまめかしくなってる。声にも艶がある」

「はあ?」

あまりにも思いがけないことを言われて、佳月は鳩《はと》が豆鉄砲をくらったような顔になる。

「指の動きや仕草が妙に色っぽい。変なフェロモンが出まくってる」

「お、お前、なにをわけのわからないことを」

「自分じゃわからないだろうけど、男に抱かれて変わったんだよ、兄さんは」

とんでもない指摘に茫然としている佳月に背を向け、亜月はすたすたと歩き出した。

玄関に行って靴を履いている背中を見て、ハッと佳月は我《われ》に返る。

「待てよ、亜月。どこ行くんだ」

「帰る。……来るんじゃなかった」

ぼそりと言ってドアを開いた亜月を、佳月はミュールをつっかけて慌てて追った。

久しぶりに自分に会いに来てくれた、生意気盛りではあるが可愛い弟を、こんなふうに後味の悪い思いのまま帰したくなかった。


「わかった、誤魔化そうとした俺が悪かった。きちんと話すから戻ってくれ。な?」

エレベーターを待つ間、佳月は必死に引き止めようと亜月を説得していた。

だが亜月は険しい顔つきで正面を睨んだまま、こちらを見ようとしない。

「……俺はね。兄さんが沙月《さつき》姉さんの身代わりになるって聞いたとき、本当によかったと思ったんだよ」

「え？　そうなのか？　……でも、だったらそんな怒らなくても」

「だけどそれはあくまでも、姉さんに化けて形式として嫁ぐって話だったからだ。それなら兄さんと跡目争いをしないですむ」

その言葉に、佳月はびっくりして亜月を見る。

「お前、俺と争ってでも組を継ぐ気だったのかよ」

「うん。兄さんのためにもね。兄さんって舎弟になにかあったりしたら、平気で自分が盾になるでしょ。簡単に命を投げ出しそうで怖いんだよ。それは母さんも同じだと思う」

「だからって……」

どう考えていいのかわからず、立ち竦《すく》んでいた佳月の前で、エレベーターのドアが開く。

サッと亜月はためらわず乗り込み、佳月もその後に続いた。

密室にふたりきりになっても亜月は固い表情で、やはり佳月を見ないまま口を開く。

「だけど郷島組の若頭と、まさか本当に夫婦みたいな生活をしてるなんて、想像もしたくなかった。あの人ってゲイだったの？」

単刀直入な物言いに、うっ、と佳月は言葉に詰まったが、今は恥ずかしいなどと言っている場合ではない。

大事な弟に、自分と健吾を悪く思ったままでいて欲しくなかった。

「いや。と、特にそういうわけじゃなくて、男でも女でもいいみたいで」

「ふうん。それで兄さんに女装させて家事やらせた上に手を出してるわけ。最低じゃないか」

エレベーターが一階に到着し、ドアが開く。

「そうじゃないんだ。待てって」

エレベーターを降りた亜月の腕を思わずつかむ。振り向いてようやく目を合わせた亜月は、思いつめたような表情をしていた。

「……兄さん。このままうちに帰ろう」

え、と驚いてつかんでいた腕を放した佳月の手を、反対に亜月が握る。

「人質として女の格好で暮らして男に抱かれるなんて、そんな淫靡《いんび》で倒錯的な関係、兄さんには似合わないよ。兄さんは……バカで脳天気でガキみたいで、だけどそんなところがいいのに」

「なっ、なんだよそれ」

いつものノリで、バカにすんなよと言い返そうとした佳月だったが、亜月の目が赤いことに気が付いて口を閉じた。

――……迂闊《うかつ》だった。健吾とこうなって……予想外に楽しく暮らしてうかれてたけど。夫婦のふりじゃなくて本当に兄が男とどうこうなってる、って知ったら、そりゃショックだよな。

決して悪いことをしているわけではないし、なんとか理解してもらいたい。

ただ、基本的に単純な上、照れ屋でこれまで恋愛にうとかった佳月としては、どうすればうまく説明できるのかわかりかねていた。

「行くよ、兄さん」

亜月は強引に、握った手を引き歩き出す。

「父さんだってこんなこと聞いたら、放っておくはずがないんだ。きっと全面戦争覚悟で兄さんを連れ戻す」

「バッ、やめろ、父さんに言ったりしたら血圧上げてぶっ倒れるぞ！」

「俺が跡を継ぐから問題ない」

「話を聞けって、亜月！」

ロビーまできて揉《も》めていると、ふいに受付の奥の扉から、数人のダークスーツの男たちが飛び出してきた。

扉の奥はエレベーターの制御装置や監視モニターの部屋があるそうなのだが、先日の襲撃事件以来、郷島組の若いものたちが詰めている。

もしかしたら、佳月が男に絡まれていると思ったのかもしれない。

さすがになにごとかと足を止めた亜月の前に、大柄な男たちが立ちふさがる。

「姐さん、どうされましたか」

一歩前に出たひときわ大きい姿は、いつもボディガードについていてくれる平松《ひらまつ》だ。

こちらは、と平松は鋭い目を亜月に向け、佳月は慌てつつも自分を男とは知らない平松以外の組員を気にして、裏声を作り必死に言った。

「なにも問題ありません。弟の亜月です」

あっ、という顔をして平松は一歩退く。

「しっ、失礼しました。なにか揉めているように見えたもので」

屈強な大男に囲まれていながら、亜月はまったく怯《ひる》んでいなかった。

むしろ不敵にも思える表情で、ぐるりと男たちをねめつける。

「マンションのロビーにきただけで若い衆が動くとは、郷島組の警備体制は随分と厳重なんだな。そこまでして嫁が逃げないよう、監視しているわけか」

「誤解だ、亜月」

「なにが誤解だよ！　実家に顔を見せない理由がよくわかった。こんなんじゃ籠の鳥じゃないか！」

と、背後でエレベーターが開く音がした。

コツコツと大理石の床を踏む足音に振り向くと、ふたりがいないことに気が付いたのか、組員の誰かが連絡したのか、健吾がそこに立っていた。

下がれ、という一言で平松たちは速《すみ》やかにその場を退散する。

「……うちの若いのが礼を逸して悪かったな、亜月くん」

亜月は年長者ではるかに格上の健吾に謝られても、無表情でその目を見返すだけだった。

「俺のことはどうでもいいです。ただ、兄の出入りがこんなに厳しくチェックされているというのは納得できません。後々共同で事業をする相手として、俺はあなたに不信感を抱きました」

「それも無理はない。が、この件は監視ではなく、保護が目的だ」

「健吾が襲撃されたんだよ」

思わず口を挟んだ佳月に、亜月は目を見開いた。

「誰に？　兄さんも一緒だったの？」

「でかい声で兄さん言うな。……そう、俺もその場にいた。だからさっきのやつらは純粋に、俺を警護してくれてる」

「これはうちの怠慢と言われても仕方ないが、まだ襲撃犯の身柄は全員押さえきれていない」

健吾は忌々《いまいま》し気に言う。

あのとき健吾を刺そうとした男は、まだ仲間について口を割っていなかった。

「だからすべて解決するまでは、佳月の護衛もいつもより厳重になっている。不自由をかけるが、危険が及ぶよりはいいだろう」

「まあどのみちこの格好じゃ、そうそう出歩く気にもならねぇしな！」

佳月は笑ってみせたが、亜月はまだ納得できていないようだった。

むっつりと唇を引き結んだ亜月に、佳月は本心を話す覚悟を決める。

「……なあ亜月。俺は里海の家には戻らない」

「どうして！　そこまで無理なんかしなくていい。父さんだってきっとわかってくれる」

「違うんだ。……その」

佳月は恥ずかしさから一瞬ためらったが、ここで正直に気持ちを言葉にしないと弟にはわかってもらえないと感じ、思い切って本音を口にする。

「無理じゃなく、健吾の……傍にいたいから戻らない。いつまでもずっと、できるだけ長く。俺が自分の意志でどうしても……そうしたいんだ」

佳月が言うと、亜月は茫然《ぼうぜん》とした顔になる。

けれどその顔は再び段々と険しくなっていき、腰の脇で固く握られた拳《こぶし》は、かすかに震えているようだった。

「いいよ、わかった。今日のところは、兄さんの言い分を聞くことにする」

わかってくれたのか、と佳月はホッと胸を撫《な》で下ろす。

「でもいつか……」

つぶやくように漏れた声に、え？　と佳月が首を傾げると、キッと亜月は健吾を睨んだ。

「いつか俺が里海組を大きくしたら、そうしたら必ず兄さ……姉さんを取り戻しますから！　覚えておいてください！」

叩きつけるように言うと、亜月はくるりとこちらに背を向け、歩き出した。

思わず追いかけようとした佳月の肩に、健吾の手がかかる。

「今はそっとしておけ。賢い青年だが、頭を整理する時間が必要だろう」

「そ、そうか。そうかもな」

兄弟の間になにがあったのか悟った様子の健吾に、佳月は腑《ふ》に落ちないながらも足を止めた。

似たタイプのふたりには、もしかしたら自分にはわからない共感できるなにかがあるのかもしれないと思ったからだ。

それでもマンションを出ようとする亜月の背中に、佳月は懸命に呼びかける。

「亜月！　落ち着いたらそっちに行くから、またそのときな！」

思わず叫んでしまってからハッとして、佳月は裏声で言い直す。

「ま、またそのときにね！　車に気を付けて帰れ……じゃない、帰るのよ！」

玄関を出る直前、亜月は一瞬だけこちらを振り帰り、佳月に向かってべーッと舌を出した。

残された佳月と健吾は、台風が過ぎ去った後のようにその背を見送る。

「ああいうとこはまだやっぱガキだと思うけど……いつか俺が里海組を大きくしたら……か。おとなになったよな、あいつ」

自分の考えが及ばないところで、いろいろと考えていそうだと感心し、佳月は腕組みをしてうんうんとうなずいた。

佳月はひたすら弟の成長にしみじみとしていたが、健吾はまったく違った感想を持ったらしい。

「思わぬところに伏兵がいたな」

「ああ?」

「ライバル登場ってことだ」

健吾は言って、ふ、と小さな笑みを漏らした。

インテリの言うことはよくわからない、としきりに首をひねっていた佳月は、ハッと健吾の顔を見た。

「会合の時間、大丈夫なのかよ」

「ああ、ぎりぎりだな。このまま行く」

言って健吾は佳月の両肩に手を置いて、じっと見つめてきた。

「な……なんだよ」

「あまり俺はべたべたした、甘ったるいことは好きじゃないんだが。さっきのお前の宣言を聞いて、たまには新婚らしいことでもしてみるかという気になった」

なにか言ったっけと頭を巡らせて、佳月は自分が亜月に言ったセリフを思い出す。

そしてその瞬間、顔から火が出そうになった。

「だ、だってあれは、なんとか亜月にわかって欲しくて」

「もう一度言ってみろ。俺の傍に、なんだ」

「知らねぇ！　忘れた！　それよりなんだよ、新婚らしいことって」

「いってらっしゃいのキスだ。お前からしろ」

「はあ？　なっ、なん、こっ、こんなとこで……受付のやつに見られるじゃねぇか！　モニター室からも見えちまうし」

「だから俺からしたら恥ずかしいだろ」

「俺にだって羞恥心くらいあるんだよ！」

だが、と健吾は言葉をきって、佳月の瞳をじっと覗き込む。

「ずっと俺と一緒にいたいなら、それくらいしてもいいんじゃないか」

またも先刻のセリフを持ち出され、佳月はますます顔が火照《ほて》るのを感じた。

見られていそうなのは恥ずかしくてたまらないが、このままでは解放してくれそうにもない。

それに実のところ、決してイヤというわけではなかった。

「そ……外でなんて、今日だけだぞ」

背伸びをして、健吾の唇に触れるだけの優しいキスをする。

と、健吾は初めて見せるような綺麗な笑みを浮かべてみせ、佳月の胸はドキリと大きく高鳴った。

健吾は顔と同じく赤くなっているであろう耳たぶに、唇を近づけて囁いてくる。

「俺もお前の傍にいたい。……今夜は、できるだけ早く帰る」

す、と身体を離して歩き出した健吾は、すでにいつもの厳しい表情に戻っていた。

その背後に、再び黒尽くめの男たちが走り寄って一斉に続き、獰猛《どうもう》なカラスの一団のようにマンションのロビーを突っ切っていく。

佳月は不覚にもときめいてしまった胸を押さえつつ、ゆであがったような顔をして、エレベーターに乗り込んだ。

そして今夜はオムライスに、キスマークを描いてやろうと心に決めていたのだった。

あとがき

こんにちは、朝香《あさか》りくです。初めての方は初めましてです。

初めて花嫁ものに挑戦しましたが、ヤンキー受けでヤクザさんで女装ものでもあるという、好きなシチュを詰め込んだお話になりました。そしてそんなてんこ盛り設定の登場人物を、今回は三尾《みお》じゅん太《た》先生がそれは可愛くかっこよくイラストにしてくださっております！　ラフを拝見した瞬間、ぎゃん！　とのけぞったところからブリッジしそうな勢いの素敵さでした。三尾先生、本当にありがとうございました。

今回は花嫁フェアということで、恒例のオマケがいつもより多くなっております。ぜひ美麗な表紙カバーをぺろっと脱がせてみてください。

毎回あとがきを書いていると、どうしてもパターン化してしまいますが、今回も本の出版に関わっていただいたすべての皆様に感謝しています。

そして何より手に取ってくださった読者様、ありがとうございました。

二〇一四年　五月　　　　朝香りく

元々女装モノが大好きだったので
とても楽しく描かせて頂きました!
ありがとうございました!!

ガッシュ文庫

仁義なき新婚生活
（書き下ろし）
自覚なき熱愛宣言
（書き下ろし）

朝香りく先生・三尾じゅん太先生へのご感想・ファンレターは
〒102-8405 東京都千代田区一番町29-6
（株）海王社 ガッシュ文庫編集部気付でお送り下さい。

仁《じん》義《ぎ》なき新《しん》婚《こん》生《せい》活《かつ》

2014年6月10日初版第一刷発行

著　者　朝香りく［あさか りく］
発行人　角谷　治
発行所　株式会社 海王社
〒102-8405　東京都千代田区一番町29-6
TEL.03(3222)5119(編集部)
TEL.03(3222)3744(出版営業部)
www.kaiohsha.com
印　刷　図書印刷株式会社

ISBN978-4-7964-0575-1